책은, 스페이스타임 머신

책은, 스페이스타임 머신

소설과 에세이와 사진이 뒤엉켜 만든
신개념 혼합 우주

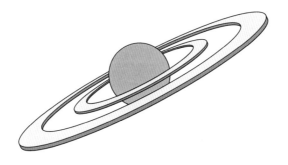

글+그림+사진 김중혁

Books are Space-time Machines

진
풍경

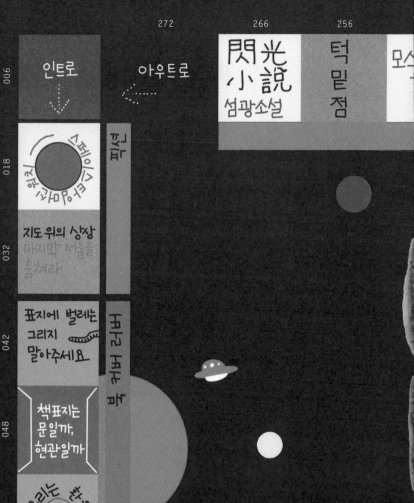

intro

글을 쓸 때면 둘 중에 하나부터 고르게 된다. 시간, 아니면 공간. 가끔은 두 개를 한꺼번에 정할 때도 있다. 어디에서 벌어지고 있는 일인가. 언제 일어나고 있는 일인가. 글을 쓰려고 시작하는 순간, 우리는 현실을 잊고 환상 속으로 진입한다. 우리 주변에서 볼 수 있는 많은 작가들이 조금 미쳐 보이는 건 다 그럴 만한 이유가 있어서다.

픽션을 쓸 때만 적용되는 이야기는 아니다. 에세이를 쓸 때도 논문을 쓸 때도 일기를 쓸 때도 마찬가지다. 글쓰기를 시작하는 순간 우리는 가상 세계에 진입하는 것이며, 현실과는 또 다른 물리 법칙이 작동하는 세계에 발을 내딛는 것이다. 그 어떤 VR 기계도 필요하지 않다. 그저 펜을 들고, 키보드 위에서, 첫 문장을 쓰기 시작하면 된다. 가장 저렴하게 현실을 떠나는 방법이다.

글쓰기는 내게 타임머신과 비슷하다. 어린 시절에 뛰어놀던 동네를 떠올리고, 골목에서 뛰어놀던 아이들과의 추억을 떠올리면 글은 나를 거기로 데리고 간다. 앞으로 일어날 일을 걱정하고, 이루고 싶은 꿈들을 상상할 때면, 글은 나를 미래로 데리고 간다. 나는 현실에서 글을 쓰면서 음악을 듣고 인터넷으로 내일 먹을 밥의 재료를 주문하면서, 동시에 과거나 미래나 미지의 공간에 머물고 있다. 타임머신을 발명하는 건 불가능한 일이지만, 나는 이미 타임머신 보유자다. 글은 어떻게 그렇게 하는 걸까? 어떻게 순식간에 시간을 넘나들고, 기억 속으로 스며들어서, 그때의 감각을 되살리는 걸까?

이 책에 실린 글들은 소재나 주제도 다르고 형식도 다르고 길이도 다르다. 모두 제각각이다. 공통점이 하나 있다면, 모든 이야기가 나를 통과했다는 것이다. 이 글을 쓰면서 나는 과거로도 다녀왔고, 미래도 잠깐 보고 왔고, 환상 세계에도 들렀고, 멀티버스 같은 공간에도 다녀왔다. 책은, 작가가 스페이스타임 머신을 타고 다녀온 시공간의 흔적이다. 책을 읽는다는 건 타임머신을 대여하는 일이다. 책을 읽는 여러분도 내가 갔던 곳에 가볼 수 있다.

책의 시작은 '북 커버 러버'였다. 북 커버를 사랑하는 사람이라는 뜻의 '북 커버 러버'의 어감이 좋았고, 책표지 이야기를 연재했다. 오래전부터 책표지를 좋아했다. 책표지는 늘 비밀의 문 같았고, 다른 세계로 나를 데리고 가는 토끼굴 같았다. 책표지를 열었을 때 뜻밖의 풍경이 나오길 기대하는 것처럼, 책표지 이야기 뒤에다 다양한 이야기를 집어넣었다. 생활 에세이 같은 글도 있고, 짧은 소설도 있고, 조금 긴 소설도 있다. 읽는 순간 새로운 공간으로 여행을 떠나는 듯한 글도 있다. 여긴 뒤죽박죽 혼합 우주다. 이 책이 누군가를 이상한 세계로 끌고 가면 좋겠다.

사진도 여러 장 담았다. 평소에 사진을 자주 찍는다. 예전에는 사람도 많이 찍었는데, 요즘엔 하늘과 식물을 주로 찍는다. 변화무쌍한 하늘의 모습을 맞닥뜨리면 나도 모르게 휴대폰의 카메라 어플을 작동시킨다. 그렇게 찍은 사진이 수만 장이다. 비슷해 보이지만 같은 하늘은 하나도 없다. 거미줄을 찍는 것도 좋아하고, 나뭇가지에 앉은 새들의 모습을 찍는 것도 좋아한다. 전에 찍었던 사진을 펼쳐놓고, 그 속에 담긴 계절의 흔적을 보는 것도 좋아한다.

기대 없이 들렀던 골목에서 취향 저격의 무늬와 패턴을 발견하듯, 책에 실린 사진 속에서 여러분의 계절도 발견할 수 있으면 좋겠다. 맥락 없고 질서 없고 어지러운 혼합 우주이지만, 독백과 상상과 능청과 거짓말과 비밀과 현실이 뒤섞여 있지만, 오히려 그렇기 때문에, 나는 이 우주가 마음에 든다. 함께 떠나면 좋겠다.

카운트다운을 시작하겠다.

열,
아홉,
여덟,
일곱,
여섯,

참, 이 책은 순서대로 읽지 않아도 좋다. 우주에 위, 아래, 좌, 우가 없
듯 이 책도 그렇다. 어디로든 뻗어 나갈 수 있고, 어디로도 사라져버릴
수 있는 우주와 같다. 다시 카운트다운,

다섯,

넷,

셋,

둘,

하나 …….

휘릭 —

횡 ~

스스슥

스페이스타임머신 워치

시계를 주운 곳은 이탈리아의 밀라노에서 피렌체로 가는 기차 안이었다. 볼로냐를 지났을 때쯤 화장실에 들렀는데 세면대 위에 가지런히 놓여 있는 시계를 발견했다. 슬쩍 봐도 고가의 시계란 걸 알 수 있었다. 시계에 대한 소설을 쓴 적이 있고, 스위스의 시계 장인 인터뷰를 많이 봤기 때문에 어떤 시계가 값이 나간다는 것쯤은 알고 있다. 나는 화장실 문을 열고 복도를 살폈다. 아무도 없었다. 세 가지 선택 사항이 있었다. 첫째, 있던 자리에 놓아두고 온다. 둘째, 승무원에게 전해준다. 셋째, 하늘이 준 선물이라 믿고 내가 가져간다.

변명은 아니지만 당시의 내 상황을 설명해야 할 것 같다. 이탈리아와 스위스의 기차 여행에 대한 글을 쓰러 왔지만 아무것도 쓰지 못한 채 며칠을 낭비한 직후였다. 우선 가장 큰 문제는 나의 캐리어가 공항에서 사라졌다는 것이다. 로마의 다빈치 공항에서 캐리어가 사라졌다는 설명을 하느라 체력의 절반을 소진했고, 저녁에 급하게 먹은 피자가 소화 불량을 일으키는 바람에 나머지 체력을 모두 잃어버리고 말았다. 예약된 기차 일정 때문에 서둘러 밀라노로 향했고, 사흘이 지나도록 캐리어의 행방은 알 수 없었다. 밀라노를 한 바퀴 둘러보고 피렌체로 가는 기차에서 시계를 발견한 것이다. 세 가지 선택에는 각각의 문제가 있었다. 있던 자리에 놓아두려고 했지만, 시계에 문제가 있었다. 시계는 잘못된 시각을 가리키고 있었다. 누군가 착용하던 시계가 아니라는 얘기다. 승무원에게 전해주는 것 역시 꺼림칙했다. 이미 로마 공항에서 직원과 실랑이를 벌였기 때문인지는 모르겠지만, 승무원이 시계 주인을 찾아내리라는 믿음이 없었다.

시계를 꿀꺽 삼키기로 마음먹었다. 캐리어와 맞바꾼 시계라는 생각이 들었고, 실제로 그 추측이 맞았다. 내 캐리어는 영영 사라지고 말았다. 보험금을 몇 푼 받긴 했지만 그 속에는 내가 아끼던 잠옷이 있었고, 내 발에 꼭 맞게 길들여 놓은 실내화가 있었고, 이탈리아의 멋쟁이들에게 지지 않으려고 심혈을 기울여 준비한 옷들이 있었다. 그 모든 게 순식간에 사라졌다. 시계는 나의 추가 보험금이라 생각했다.

시계는 쇼파드의 L.U.C. 타임 트래블러 원과 비슷한 모양새였다. 쇼파드의 시계 한가운데 있는 로고만 없었다. 다이얼의 배치와 크기도 비슷했고, 무엇보다 시계 테두리에 있는 타임존이 거의 똑같았다. 거기에 적혀 있는 도시의 이름들. 덴버, 뉴욕, 베이징, 카이로, 런던, 다카……. 차이가 있다면 쇼파드에 없는 도시 이름이 딱 하나 있었다. 바로 서울. '이건 분명히 하늘에서 나를 위해 던져준 선물이 틀림없어. 이탈리아의 기차에서 한국 사람이 주울 걸 어떻게 알고 이런 시계를 줬겠어.'

처음에는 시계가 고장났다고 생각했다. 시계는 아무리 다이얼을 감아도 움직이지 않았다. 보통 '시계에 밥을 준다'고 표현을 하는데, 그 말대로라면 나는 프렌치 정찬에 버금갈 정도로 정성을 다해 시계에 밥을 주었다. 섬세하게 돌리고, 천천히 돌리고, 손을 깨끗하게 닦고 돌렸다. 시계는 꿈쩍도 하지 않았다. 다이얼을 뽑아서 돌려도 보고 누른 채로 돌려 보았지만 마찬가지였다. 그러다 시계의 아래쪽에 작은 표시가 있는 것을 보았다. 'J'라는 글자가 작게 적혀 있었고, 그 아래에 바늘도 겨우 들어갈 것 같은 크기의 구멍이 있었다.

잡지사의 편집장 구지운은 시계 전문가로 소문이 나 있었고, 내가 쓰고 있던 이탈리아 스위스 기차 여행 글의 담당자이기도 하다. 고가의 시계를 기차에서 주웠다는 사실을 누군가에게 알리고 싶지 않았지만 자문을 구할 사람이 별로 없었다. 인터넷에서 온갖 매뉴얼을 다 뒤저보았지만 쇼파드를 닮은 시계에 'J'라는 이니셜이 박혀 있는 시계에 대한 정보를 찾을 수 없었다.

"저도 이런 건 처음 보네요. 어디서 구한 거예요?"

"아는 사람이 선물로 준 거예요."

"와, 누구예요? 그냥 딱 봐도 비싸 보이는데, 이런 걸 선물로 줘요? 저도 그 사람 소개 좀 시켜줘요."

"소개요?"

"아, 작가님, 농담이에요. 농담. 왜 이렇게 긴장하셨어요? 마감 때문에 그래요?"

"마감……, 맞아, 마감이 있죠. 곧 끝낼게요."

"천천히 주셔도 됩니다, 작가님은. 한 번도 마감 늦은 적 없잖아요. 근데 이 시계 이상한 데가 있네요. 쇼파드랑 디자인은 비슷한데, 타임존에 서울이 있는 걸 보면 쇼파드는 분명 아니고, 독립 제작자가 만들었다고 하기에는 특징이 없고. 한국에서 만든 짝퉁일까요?"

"이탈리아 사람한테 선물로 받았다니까요."

"흠, 이상하네. 시간을 일부러 8시 20분에 맞춘 거예요?"

"네? 8시 20분?"

"그거 아시죠? 1950년대는 시계 광고 사진이 8시 20분이었다는 거. 요즘은 전부 10시 10분이잖아요."

"몰랐어요."

"엇, 몰랐어요? 타이맥스는 10시 9분 36초, 롤렉스는 10시 10분 31초, 태그호이어는 10시 10분 37초, 애플워치는 10시 9분 30초."

"그걸 어떻게 알아요? 대단하시네, 편집장님."

"대단하긴요. 시계 기초 상식이죠. 만져봐도 돼요?"

내 대답을 듣지 않고 구지운은 시계에 손을 뻗었다. 말릴 새도 없었다. 그는 다이얼을 뽑더니 시계의 시간을 맞춰보려고 애썼지만, 시침과 분침은 움직이지 않았다. 나도 다 해봤다. 구지운은 뭔가 더 해보고 싶은 눈치였지만 내 표정이 어두운 걸 알고는 시계에서 손을 뗐다.

"J라는 이니셜이 있는 모델이라⋯⋯, 처음 들어봐요. 뭔가의 약자일까요? 아니면 맞춤 시계로 제작된 건가? 그렇다면 사람의 이니셜인가?"

"편집장님이 모르는 시계라면 마이너 독립 제작자가 만든 게 분명하겠네요."

"여기 작은 홈이 있는 거 보셨죠? 어쩌면 리셋 버튼인지도 몰라요. 핀으로 한번 찔러볼까요?"

"그 생각은 못 했네요. 명품 시계 수리하는 데 갔다가 한번 해볼게요."

나는 시계를 들고 서둘러 잡지사를 나왔다. 8시 20분에 어떤 의미가 있을까? 어쩌면 이 시계는 만들어지고 나서 한 번도 움직이지 않은 시계인지도 모른다. 어쩌면 모형 시계인지도 모른다. 그렇지 않고서야

시침과 분침이 이렇게 꿈쩍도 하지 않을 리가 없다. 그런 생각을 하다 보니 시계 수리점이 아니라 집에 도착해 있었다. 나는 책상 앞에 앉아 핸드폰의 유심을 분리하는 핀으로 시계 아래쪽에 있는 홈을 눌러보았다. 놀라운 장면이 내 눈앞에 펼쳐졌다.

시계에서 엄청난 양의 빛이 퍼져 나왔고, 주변의 모든 것이 빛 속으로 숨었다. 아무것도 볼 수 없었다. 수개월 만에 동굴 밖으로 걸어 나온 사람처럼 나는 빛에 포위당했고, 눈을 뜰 수 없었다. 정신을 차리고 보니, 나는 새로운 곳에 도달해 있었다. 내 방 책상 앞이 아닌, 커다란 도서관의 책상 앞이었다. 시계는 여전히 8시 20분을 가리키고 있었고, 주변에는 아무도 없었다. 내가 앉아 있던 곳은 런던의 핌리코 도서관이었고, 주변에 아무도 없는 이유는 도서관이 문을 닫은 상태였기 때문이다.

지금까지 시계에 대해 알게 된 사실은 이렇다. 내가 기차에서 주운 시계는 공간을 넘나들 수 있게 해주는 기계다. 나는 '스페이스타임머신 워치(space timemachine watch)'라고 부른다. 시계 아래쪽에 있는 J 표시에 가고 싶은 도시의 타임존을 맞춘 다음, 핀으로 홈을 누르면 그곳으로 이동하게 된다. 시간을 맞추면 공간 이동이 되는 셈이다. J는 아마 'jump'의 약자인 것 같다. 구체적인 장소는 정할 수 없다. 스페이스타임머신 워치가 이끄는 대로 가야 한다. 대체로 사람이 없는 곳으로 이동하는 걸 보면 나름의 기준이 있는 것 같다. 타임존에 있는 스물네 군데 도시에 모두 다녀와봤고, 내가 좋아하는 시드니에는 열 번쯤 다녀왔는데 갈 때마다 새로운 곳에 도착했다. 여전히 풀리지 않는 질문 하나는, '어째서 서울이 적혀 있었는가'다. 내가 그걸 발견할 것을 시계는 알고 있었던 걸까?

나는 처음으로 공간 여행을 했던 런던에 와 있다. 히드로 공항으로 가는 기차 화장실에다 시계를 놓아둘 생각이다. 그렇게 신기한 시계를 왜 가지고 있지 않는지 궁금할 것이다. 세계 여행을 마음껏 다닐 수 있고, 비좁은 이코노미 좌석에서 시달리지 않아도 되고, 입국 수속도 필요 없는 특권을 왜 버리려고 하는지 의아할 것이다. 지금까지 스페이스타임머신 워치를 마흔아홉 번 이용했다. 한 번 사용할 때마다 내 체력이 급격하게 떨어지는 걸 느낀다. 공간을 이동하는 데 드는 시간을 단축해주지만, 에너지는 똑같이 필요한 모양이다. 아무리 이코노미 좌석이 비좁아도 거기에서 시간을 보내며 뭔가 경험하는 게 낫다는 생각이 들었다. 다른 나라에 사랑하는 사람이 있어서 빠른 시간 안에 도착하고 싶은 사람이라면, 자녀를 다른 나라에 유학 보낸 사람이라면 이 시계를 더 요긴하게 쓸 수 있을 것이다. 처음에는 주변 사람에게 선물할까 하는 생각도 했지만, 이런 물건은 원래 멀리 두는 게 좋다는 걸 알고 있었다. 아는 사람에게 주었다가는 어떤 원망을 듣게 될지 모른다. 원래의 방식대로 시계를 돌려주는 게 좋겠다는 생각이 들었다.

나는 화장실에다 시계를 놓아두고 나왔다. 복도에는 아무도 없었다. 세면대 위에 시계를 두었으니 눈에 잘 띌 것이다. 좌석에 앉아서 화장실에 들어가는 사람을 눈여겨 살폈다. 10분쯤 후에 20대 초반의 젊은 남자가 화장실로 들어갔다. 남자는 화장실에서 나오면서 주변 복도를 살폈다. 시계 주인을 찾는 것인지, 아무도 없길 바라는 것인지 알 수 없는 눈빛이었다. 나는 창밖을 보는 척하면서 남자를 몰래 보았다. 남자는 불안해했다. 나도 저런 표정이었을 것이다. 지금 눈앞에 있는 시계가 뜻밖의 행운인지, 윤리적인 시험인지, 불행의 시작인지 알 길이 없어 막막한 얼굴이었다. 나는 남자의 미래를 축복하는 마음으로 '브라보'를 속삭여주었다.

공항에 도착하고 짐을 들고 내릴 준비를 하고 있는데 내 앞에 그 젊은 남자가 서 있었다. 남자는 시계를 보고 있었다. 이미 마음의 결정을 내린 모양이다. 아직 기차에서 내리지도 않았는데 벌써 시계를 착용한 걸 보면 앞뒤 가리지 않는, 성급한 성격인지도 모르겠다. 주인이 다가와서 '그거 혹시 세면대에서 주운 시계인가요?'라고 물어볼까 봐 나는 기차에서 내릴 때까지 주머니에서 시계를 꺼내지 못했다. 남자는 다이얼을 돌리려 애쓰기도 하고 시계에 귀를 대보기도 했다. 그 순간, 시계와 눈이 마주쳤다. 시계의 타임존에서 서울을 찾을 수 없었다. 서울 대신 토론토가 적혀 있었다. 장난기가 갑자기 마음을 뚫고 입으로 튀어나왔다. 기차에서 내리려는 그에게 물었다.

"Are you from Canada?"

남자는 대답을 하지 못하고 내 눈만 멀뚱멀뚱 쳐다보았다.

지도 위의 상상

마지막

서울을

훔쳐라

구영대와 이상도는 30년 동안 함께 일을 하고 있다. 일종의 프로젝트형 프리랜서들이라 불러야 할까. 각자 일을 하다가 큰 건수가 생기면 연락해서 힘을 합친다. 각자의 전문 영역이 있다. 구영대는 빈집을 귀신같이 터는 도둑이고, 이상도는 금고와 프로그램 해킹과 CCTV의 전문가다. 30년 전 우연히 함께 일을 한 후에 두 사람은 서로에게 매료됐고, 오랜 기간 우정을 쌓아가고 있다. 새로운 일을 할 때마다 계획하고 수정하고 완성하고 성과를 배분하는 과정을 즐겼다. 투닥투닥 싸우긴 하지만 그것도 그들이 즐기는 일의 재미 중 하나였다.

"우리가 처음 만난 게 2092년이었던가?" 구영대가 맥주를 마시다 무언가 생각난 듯 말했다. "2093년 1월 4일. 겁나게 추웠던 날이지."

이상도가 핸드폰에서 눈을 떼지 않고 대답했다.

"이야, 그걸 기억해?"

"얼마 전에 뇌 용량 추가해서 100년 전까지 다 기억할 수 있어. 궁금한 거 있으면 나한테 다 물어봐."

"은퇴하려니까 지난 일들이 눈앞을 스쳐지나간다."

"뭐 어떤 일들? 옥상 정원에 잠입했다가 얼어죽을 뻔했던 일?"

"야, 그건 잊어버려라. 너는 자꾸 흑역사를 끄집어내더라."

"그걸 어떻게 잊어버려. 이끼로 위장한 모습이 진짜 웃겼는데."

"내가 이끼를 뒤집어썼던가? 줄고사리 같은 거 아니었어? 내 기억으로는 양치류를 뒤집어썼던 것 같은데?"

"이끼를 등에다 선크림처럼 발랐잖아. 그렇게 가만히 엎드려 있다가 밤에 조금씩 움직이면 CCTV도 감지 못 한다고 우겼잖아. 사진 보여줘?"

"사진도 있어?"

"내가 너무 웃겨서 CCTV 캡쳐해둔 거 있어. 보여줘?"

"됐어. 흑역사라니까."

"넌 이제 은퇴하는 게 맞아. 그런 구닥다리 방식으로 이젠 판자촌도 못 털어. 판자촌 사라진 지도 오래지만……."

"그렇긴 하지. 창신동 회오리 골목에서 오토바이 타고 도망치다가 자빠졌던 거 기억나?"

"어떻게 잊어버리냐. 그때 상처가 여기 아직도 있는데."

"그런 골목들이 많아야 도망치기도 좋고, 어디 짱박히기도 쉬운데 말야. 옛날엔 낭만이 있었는데……. 한강만 해도 그래. 예전에는 스토리가 있었잖아. 아빠가 미안하다, 첨벙. 야 이 개새끼들아, 잘 먹고 잘 살아라, 첨벙. 요즘 한강은 한강 같지가 않아. 한강 다리 위에다 아주 도시를 만들어놓으니까, 뛰어내리는 사람도 없고, 술 취해 뻗어서 털어먹을 인간들도 없고."

"좋아진 거지. 나는 한강에서 사람 죽었다는 소식 안 들리니까 속이 다 시원하더라. 구영대 너도 이제 새로운 시대에 맞춰서 살아가는 법을 배워봐. 맨날 아날로그 시대의 마지막 도둑이라는 헛소리하지 말고 살길을 찾아봐."

"이번이 진짜 마지막이다. 이번 건만 잘되면 작은 가게 하나 낼 거야."

"무슨 가게?"

"CCTV랑 드론 전문 가게 내서 너하고 경쟁하려고."

구영대는 오래전부터 세워둔 계획이 하나 있다. 3개월 전부터 구체적인 준비를 시작했다. 뒤를 밟고, 시간대를 확인하고, 변수를 상상했다. 준비가 다 된 것은 아니지만 더 늦어지면 시작도 하지 못할 것 같았다.

마지막 작업 목표로 삼고 있는 사람은 신림동에 살고 있는 전설의

'폐지노인'이다. 지금 시대에 거리에 나뒹구는 폐지는 전혀 없다. 재활용 센터에서 모든 걸 무료 수거해 가기 때문에 거리에서 돈 될 만한 뭔가를 찾아내기도 힘들다. 그렇지만 폐지노인은 여전히 거리를 매일 순찰한다. 소문에 의하면 폐지노인의 재산은 수백억 원에 달한다고 한다. 수십 년 동안 모은 돈으로 집을 여러 채 샀고, 장학 재단도 만들었으며, 기부도 여러 차례 했다고 한다. 모두 소문이지만 구영대는 소문을 굳게 믿었다. 구영대는 폐지노인의 집 근처를 기웃거리면서 보안 장치가 거의 없다는 것과 노인이 매일 같은 시간에 집을 나서며 거리만 돌아다닐 뿐 은행에 가지 않는다는 사실을 알아냈다. 분명히 집 안에 훔칠 만한 게 있다.

구영대는 도둑들 사이에서 직감의 달인으로 유명했다. 어떤 집에 보석이 많은지, 어떤 집의 보안 장치가 허술한지 금방 알아낼 수 있었다. 도시의 시스템이 진화하면서 구영대가 직감을 발휘할 수 있는 영역은 점점 줄어들었고, 무기를 들고 들어가서 강탈을 해가는 경우는 있지만 빈집을 터는 도둑들은 사라지는 추세였다.

"야, 진짜 보안이랄 게 하나도 없네? 네트워크도 안 잡히는 거 보면 무주공산이네. 이런 집이 지금까지 있는 것도 신기하다."

이상도가 자동차 안에서 폐지노인의 집을 보면서 말했다.

"서울에 남은 몇 안 되는 보석이라고 할 수 있지."

구영대는 입맛을 다시면서 망원경으로 창문을 보았다.

폐지노인의 집은 커다란 나무 줄기가 건물 전체를 휘감고 있었다. 당장이라도 허물어질 것처럼 낡았지만, 나무 줄기가 건물이 무너지지 않도록 지켜주는 것 같기도 했다. 주변에 다른 빌딩이나 주택이 없어서 더욱 기괴해 보이는 3층 건물이었다. 폐지노인이 건물에서 나오는 게 보였다. 천천히 천천히 걸어가는 모습이 달팽이나 바다거북 같았다. 모자를 푹 눌러쓴 폐지노인의 모습이 골목 끝에서 사라졌다.

"오늘은 망만 봐줘. CCTV 전문가한테 이런 걸 맡기려니까 미안하지만 고전적이고 좋잖아? 혹시 열어야 할 금고가 나오면 바로 연락할게."

구영대는 이상도의 어깨를 툭툭 치고는 건물 안으로 들어갔다. 입구에는 온갖 종류의 종이들이 작은 언덕처럼 쌓여 있었다. 오래된 잡지도 있고, 책, 신문도 있고, 명세서 같은 것도 들어 있었다. 입구의 종이 언덕 때문에 집이 지저분할 것 같지만 실제로 다른 구역은 정리정돈이 잘 되어 있었다. 구영대는 2층에 현금과 귀중품이 있을 것이라 추측했다. 계단을 걸어 올라가서 첫 번째 방으로 들어서자 노인이 앉아 있었다. 구영대는 소리를 지르려다가 자신의 입을 막았다.

"어, 어, 어떻게?"

구영대는 방으로 들어서야 할지 문을 닫고 도망쳐야 할지 망설이고 있었다.

"뭐가 어떻게야? 구영대 씨, 요즘 세상을 너무 모르신다."

폐지노인이 말했다. 노인의 모습은 바다거북이나 달팽이처럼 보이지 않았다. 매끄러운 피부, 숱이 많은 헤어스타일 덕분에 50대 남자처럼 보였다.

"저를 아세요?"

"알지. 다 조사해봤지. 며칠 동안 우리집 근처를 어슬렁거리셨잖아."

"아까 분명히 나갔는데⋯⋯."

"그건 나를 닮은 로봇이야. 요즘 어떤 노인이 직접 산책을 해. 산책하는 경험만 느끼면 되는 거지. 굳이 밖으로 나갈 필요가 있나. 그래도 밤에는 가끔 나가. 구영대 씨가 염탐하지 않을 때."

"그럼 폐지도 안 줍는 겁니까?"

"폐지? 아, 입구에 쌓여 있는 거? 그거 설치 작품이야. 제목이 뭐더라? '종이에 새겨진 마지막 서울'이던가? 내려가서 구경이라도 해요. 곧 경찰이 도착할 테고, 관람할 수 있는 시간이 1~2분밖에 없을 텐데⋯⋯, 아쉬워서 어째."

노인의 말이 끝나기 전에 구영대는 잽싸게 뒤돌아서서 달렸다. 계단이 마치 살아 있는 생명체처럼 구영대의 다리를 걸어 넘어뜨렸고, 구영대는 계단을 굴렀다. 구영대가 굴러서 도착한 곳은 종이 언덕 아래였다. 구영대의 눈앞에 낡은 잡지의 표지가 보였다. 거기에는 '100년 후 서울은 어떻게 변할까?'라고 적혀 있었다. 구영대는 생각했다. 2223년에도 서울이 남아 있을까? 멀리서 경찰차의 사이렌 소리가 들려왔다.

Book cover lover

안녕, 나는 북 커버 러버(Book Cover Lover)라고 해. 줄여서 BCL, 세상 모든 표지를 사랑하지. 모든 책을 사랑하지는 않지만 모든 북 커버를 사랑해. 엉망 진창인 북 커버도 존재 이유는 있어. 디자이너가 건성으로 만들었대도, 아니, 디자이너까지 개입시키는 건 사치라고 생각한 편집자가 대충 제목만 적어놓 은 북 커버라도 나는 좋아하지. 모든 북 커버는 책을 대변할 수밖에 없어. 아 무리 소심하고 내성적인 표지더라도 맨 앞에 서 있어야 해. 책의 운명을 떠안 은 채 제일 앞에 서 있는 셈이지. 가끔 라면 냄비에 깔리기도 하고, 도서관에 들어가서는 몸에다 스티커를 붙여야 하고, 어떤 책을 읽는지 꽁꽁 숨기고 싶 어하는 사람에게는 북 커버의 커버로 가려질 수밖에 없고, 서가에 꽂혀 있을 때에는 책등만 보이고 얼굴조차 드러낼 수 없는 기구한 운명의 북 커버를 어 떻게 사랑하지 않을 수 있겠어.

표지에
벌레는

그리지
말아주세요

글을 쓰기 전에 이상적인 목표 지점을 꿈꾼다. 말로 설명할 수 없지만 머릿속에는 큰 그림이 있다. 어떤 선일 수도 있고, 파형일 수도 있고, 덩어리일 수도 있고, 색감일 수도 있다. 글을 다 쓰고 나면 이번에도 목표 지점에서 한참 벗어났다는 걸 깨닫는다. 흔한 일이어서 놀라지는 않는다. 어떤 형태의 글을 쓰고 싶다고 해서 매번 성공하는 건 아니다. 실패하는 경우가 훨씬 많다. 실패까지도 글의 일부라고 생각한다.

책을 출간할 때마다 그런 생각을 하곤 한다.
그 실패의 흔적까지 북 커버에 남길 수는 없을까?

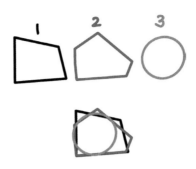

그림 1은 글을 쓰기 전, 내가 생각했던 큰 그림이다. 그림 2는 내 글의 결과물이다. 면적은 거의 비슷하지만 형태는 달라졌다. 그림 3은 디자이너가 읽은 나의 글이다. 세 개의 도형이 포개진 모습이 내가 생각하는 이상적인 북 커버다.

첫 책을 내던 때가 생각난다. 2006년이었다. 소설집 《펭귄뉴스》•p.47에는 여덟 편의 소설이 실렸고, 사람들이 내 이름이 적힌 소설책을 읽게 된다는 생각을 하니 밤잠을 설칠 정도로 떨렸고, 설레었다. 많은 사람이 보았으면 좋겠다는 마음과 많은 사람이 보면 부끄럽겠다는 생각이 동시에 들었다. 나는 무엇보다 책의 표지가 궁금했다. 나만의 책을 처음으로 가지게 되는데 어떤 얼굴을 하고 있을까 기대됐다. 그때까지만 해도 책표지는 운명처럼 만나는 것이라고 생각했다.

당시에 나는 펭귄뉴스닷넷이라는 홈페이지를 운영하고 있었는데(지금은 아니다), 그림일기를 열심히 그렸다(그때는 그런 게 유행이었다). 일상의 사소한 변화가 생기거나 깨알 같은 사건이라도 발생하면 무조건 그림을 그렸다. 홈페이지 관리하는 건 생각보다 재미있는 일이었다.《펭귄뉴스》의 디자이너가 '홈페이지에 그림 그리는 것처럼 표지 그림을 직접 그려보면 어떻겠냐?'는 제안을 해왔다.

"제가요?"

아마도 그런 반응을 보였을 것이다. 정확하게 기억나지는 않는다. 놀랄 수밖에 없었다. 그토록 귀중한 장소에 이토록 미천한 재능의 그림이 가당키나 하단 말인가, 그런 생각이 들 수밖에 없었다. 그렇지만 나는 그려보기로 했다.

그림 작업실이 있는 형에게 도움을 구했다. 종이를 얻었다. 다양한 물감과 붓과 펜도 빌렸다. 펭귄뉴스니까 펭귄을 그려야지. 펭귄을 그리기 시작했다. 입을 그리고 눈을 그리고 몸을 그리고 날개 비슷한 걸 그리고, 깃털을 그리고 발을 그렸다. 한 장 더! 펭귄의 입과 눈과 몸과 깃털을 그리고, 한 장 더! 그리고 그리고 그렸다. 3일 동안 계속 펭귄만 그렸던 것 같다. 나중에는 어떤 펭귄이 더 나은지 구분하기도 힘들었고, 내가 그리고 있는 게 펭귄인지 까마귀인지 수달인지 알 수 없었다. 다행히 디자이너는 내 그림을 마음에 들어했고, 표지에 들어가는 영광을 누리게 됐다. 나는 지금도 내 그림이 들어가 있는《펭귄뉴스》표지를 무척 사랑한다.

첫 책을 그렇게 시작해서인지, 이후에도 내 책의 디자인에 참여할 기회가 자주 생겼다.《뭐라도 되겠지》와《미스터 모노레일》의 표지 그림과 제호를 직접 그렸고, 디자인 작업에 소소한 의견을 더하기도 했다. 때로는 편집자와 디자이너가 귀찮기도 했을 텐데, 내 의견을 적극 반영해주었다. 책표지에 대해서 적극적으로 의견을 내는 것은 내가 책을 사랑하는 방식 중 하나다.

"작가님은 그림을 잘 그리시니까 그런 게 가능하죠"라고 얘기한 사람도 있었다. 내가 그림을 잘 그린다고? 한 번도 그렇게 생각해본 적이 없다. 못 그리는 편은 아니지만, 막 소름끼치게 잘 그리는 그림은 또 아니다. 막 소름끼치게 잘 그렸으면, 오히려 책표지 작업에 뛰어들지 못했을 것이다.

프란츠 카프카는《변신》을 출간할 때 북 디자이너에게 이런 편지를 썼다.

그러지 마십시오. 제발 그러지 마십시오. 벌레 자체는 무엇으로도 표현될 수 없습니다. 멀리 있어서 보이지도 않습니다.

_《책을 읽을 때 우리가 보는 것들》p.222
피터 멘델선드 지음, 김진원 옮김, 글항아리

책표지에 벌레를 그리지 말아달라는 간절한 부탁의 편지였다. 책을 읽는 사람의 마음속에 벌레가 나타나려면 실제 모습은 보이지 않아야 한다는 생각 때문에 저런 편지를 썼을 것이다. 펭귄이 등장하지 않는 《펭귄뉴스》 표지를 상상해보곤 한다. 독자들의 마음에 펭귄이 나타나려면 표지에는 없는 편이 나았을까? 세상에 공개된 책표지는 하나지만 내 머릿속에는 무수히 많은 버전의 책표지가 지금도 둥둥 떠다니고 있다.

펭귄뉴스

김중혁 소설집

문학과지성사

책표지는

문일까,
현관일까

책표지는 책으로 들어가는 문일까, 아니면, 책을 들여다볼 수 있게 만든 창문일까, 혹시, 본격적으로 책의 세계로 진입하기 전에 마음 준비를 하는 현관 같은 곳은 아닐까, 그것도 아니라면, 책 속의 세계를 외부로부터 견고하게 지키기 위해 만든 벽일지도 모르겠고, 어쩌면, 책 속의 내용이 상하지 않게 만들어둔 뚜껑일 수도 있겠고 — 책표지를 '책뚜껑'이라 부르기도 한다 — 책의 내용을 독자들에게 시각적으로 전달하는 안내판 같은 것일 수도 있겠다. 책표지는 그중 하나일 수도 있고, 모든 것일 수도 있다.

책표지에는 대체로 문자와 이미지가 함께 담겨 있다. 문자만 있는 경우도 있고, (아주 가끔) 이미지만 있는 경우도 있지만, 북 디자이너는 둘을 조화롭게 배치하려고 애쓴다. 북 디자이너가 생각하는 책표지의 정의에 따라서 문자가 강조되기도 하고, 이미지가 도드라지기도 한다. 책표지를 벽으로 만들고 싶다면 이미지는 최대한 축소하고 문자를 확대한다. 안내판 같은 걸로 만들고 싶다면 문자보다는 이미지가 강조돼야 한다. 아니면 반대인가?

> 그림과 문자를 조합하는 것은 그래픽 디자이너가 일하는 특별한 화성(harmonics)의 세계를 보여준다. 두 가지 다른 그래픽 시스템을 통합하는 이 어려운 작업이 디자이너의 직업적 특징이며, 디자인 교육에 무엇이 필요한지 알려주는 단서기도 하다. 결합은 이례적으로 복잡하다. 복잡성은 관련된 두 시스템을 철저히 연구할 때만 명료해진다.
> _《그래픽 디자인 매뉴얼》아르민 호프만 지음, 강주현·박정훈 옮김, 안그라픽스

아르민 호프만의 글은 그래픽 디자이너의 고충을 설명하지만, 북 디자이너는 여기에 하나를 더해야 한다. '이례적으로 복잡한 결합'을 완성하기 위해 책 속에 들어 있는 모든 글을 읽어야 한다. 글을 다 읽지 않는 디자이너도 있겠지만, 꼭 필요한 작업이 아닐지도 모르겠지만, 많은 디자이너가 그렇게 작업한다. 책을 읽고, 그 속의 글에서 힌트를 얻거나 글에서 받은 느낌을 이미지로 풀어놓는다.

어린 시절, 책의 아름다움 때문에 책을 읽기 시작했다는 북 디자이너 김경민 씨의 책《날마다, 북디자인》에는 복잡한 결합에 대한 과정이 자세하게 나와 있다.

> 편집자의 손을 거친 1차 원고가 들어오면 디자이너는 원고의 내용과 세부 스타일 등을 검토한 후 담당 편집자와 방향을 논의한다. 이미 회사 안에 세부적인 매뉴얼이 있는 경우가 아니라면 이 과정은 굉장히 중요하다. 내가 원고를 검토하면서 받은 인상을 편집자에게 말해주면 편집자는 이런 방향이라고 수정 보완해준다. 원고를 받은 편집자가 첫 번째 독자라면 나는 그 편집자가 가공한 원고의 첫 번째 독자가 되는 것이다. 그렇게 의견 교환과 조율의 과정을 잘 거치면 표지 작업을 할 때 수월하기도 하므로 이 과정은 꼭 거친다.
>
> _《날마다, 북디자인》 김경민 지음, 싱긋_

책을 출간할 때 여러 가지 즐거움이 있지만 내가 가장 좋아하는 과정은 표지가 만들어질 때까지의 협업이다. 편집자가 내 글을 모두 읽고, 디자이너에게 보여주고 나서 두 사람이 이야기를 나눈다. 다음은 내 상상 속의 대화다.

"이번 글은 세모인 척하는 동그라미의 글 같지 않아?"

편집자가 이렇게 말하면 디자이너가 대꾸한다.

"나는 네모처럼 움직이다가 갑자기 화살표가 되는 글 같던데?"

편집자가 다시 묻는다.

"빌 에반스 음악 같지?"

"아니 난 브라이언 이노 같던데?"

"음……, 그럴 수도 있겠네. 책표지 잘 부탁해."

나의 글을 모두 읽은 북 디자이너가 자신의 마음에 떠오른 이미지와 톤(tone)을 그래픽으로 그려오면, 나는 설레는 마음으로 작품을 만난다. 때로는 마음에 들지 않을 때도 있고, 때로는 내가 생각한 것과 너무 달라서 놀랄 때도 있지만 그 불일치는 책을 낼 때에만 느껴볼 수 있다. 책표지는 내 글로 만들어진 2차 창작물 같은 느낌이 들 때가 많다. 내 소설로 만들어진 드라마, 내 소설로 만들어진 음악처럼 내가 쓴 글로 만들어진 그래픽 작품 같다.

작가는 자신의 창작물을 정확히 알지 못한다. 쓰는 동안 너무 많은 감정과 경험이 그 속에 녹아들었기 때문이다. 자신의 작품이 코미디인지 비극인지도 단정하기 힘들다. 걸작인지 졸작인지도 판단할 수 없다. 작품의 줄거리를 요약해달라는 말을 들으면 화를 낸다. 자신이 만들어낸 것이 '어떤 거대한 덩어리'라는 것만 어렴풋하게 알고 있다. 작품의 구조를 가장 잘 이해하는 사람은 평론가고, 흐름을 가장 잘 알고 있는 사람은 편집자고, 이야기를 멀리서 보았을 때의 표정은 북 디자이너가 알고 있다. 작가 입장에서는 그런 존재들이 고마울 수밖에 없다.

작가에게 책표지는 북 디자이너가 그려준 풍경화일 수도 있고, 모든 곳을 돌아보고 난 다음에 그려보는 지도일 수도 있고, 우주에서 바라본 지구의 모습처럼 드론으로 포착한 책의 아득한 표정일지도 모르겠다.

우리는
환원한다

음악을 열심히 듣고 음반을 부지런히 사 모으던 시절에는 나름의 자부심이 있었다. 음반 커버만 보고도 내 취향의 음악인지 아닌지 알아낼 수 있었다. 음반 가게에 가서 매대에 펼쳐진 음반을 쭉 훑어보면 대충 가늠이 됐다. 짙은 화장을 한 남자들이 단체로 등장하거나 야생동물이 울부짖으면 보나마나 헤비메탈 음악이다. 사람의 상반신이 알맞은 크기로 들어가 있으면 싱어송라이터의 음악일 확률이 높고, 만화풍의 도시 일러스트가 있으면 시티팝, 기하학 무늬와 모호한 형태의 도형이 등장하면 프로그레시브 음악일 가능성이 높아진다. 음악을 듣지 못한 채 새로운 음반을 사야 할 때 자주 써먹던 기준이다. 정보가 전혀 없는 음악을 앨범 커버만 보고 사는 재미가 있었다. 실패하기도 했지만, 실패도 나름의 즐거움이었다. 내가 좋아하는 음악 장르는 모노톤이나 강렬한 색이 많이 담기지 않은 풍경 사진을 쓰는 경우가 많았다.

음반을 사면서 가장 당혹스러웠던 때는 '조이 디비전(Joy Division)'의 음반을 집어들었던 순간이다. 이제는 패션 아이템으로 더 유명해진 'Unknown Pleasures'의 음반 커버•p.58를 보면서 나는 혼란에 빠지고 말았다. 그림 속의 형태를 산맥이라고 생각한다면 포크 음악일까? 음파를 표현한 것이라면 일렉트로닉일까? 삐죽삐죽 튀어나온 것이 괴수의 뿔이라면 하드코어한 메탈에 가깝지 않을까? 내 힘으로 해결하지 못하고 음반 가게 사장님에게 물었다.

"이 음반, 장르가 뭐예요?"
평소 친하게 지내던 사장님은 장난스럽게 대꾸했다.
"그냥 들어봐요. 무조건 좋으니까."
"어떤 그룹이랑 비슷한 음악인데요?"
"비슷한 게 어디 있어요. 다 다르지. 그냥 믿고 들어보라니까요."

음반을 하나라도 더 팔고 싶어하는 사장님의 술책이라고 하기에는 목소리가 몹시 진지했다. 그날 밤, 나는 조이 디비전의 음악에 빠져들었고, 장르로 음악을 구분하는 일을 그만두었다. 음반 커버로 음악을 상상하는 일도 그만두었다. 조이 디비전의 음악은

'포스트 펑크'라고 알려져 있지만, 나는 장르의 이름이 조이 디비전의 음악을 전혀 설명하지 못한다고 생각한다. 암울한 베이스기타 소리와 세상을 질타하는 듯한 드럼과 우울의 극치에 도달한보컬과 몽글몽글한 꿈을 꾸는 듯한 기타가 절묘하게 어우러져 설명하기 힘든 세계를 만들고 있었다.

앨범 커버를 디자인한 피터 새빌에 대해서는 한참 후에야 알게됐다. 피터 새빌은 디자이너이자 조이 디비전의 음악을 완성시켜준 사람이었다. 조이 디비전의 멤버인 '버나드 섬너'가 천문학 책에서 찾아낸 이미지 하나를 피터 새빌에게 보내왔다. 처음으로발견된 펄사(pulsar)에서 에너지가 뿜어져 나오는 모양이었다. 천문학자들은 펄사의 신호를 외계인의 것으로 추측하기도 했다. 정보가 없었다. 그야말로 미지의 신호였다. 피터 새빌은 주변을 까맣게 만들어서 이미지가 우주에서 막 도착한 것처럼 표현했다.

피터 새빌이 만든 'Unknown Pleasures'에는 앨범 제목이 적혀 있지 않다. 뮤지션의 이름도 없다. 펄사 신호만 어둠 속에서 외롭게출렁이고 있다. 피터 새빌은 이렇게 말했다.

"그게 음반 커버처럼 보이지 않기를 원했어요. 젊은 세대는 이름표가 달린 것들을 좋아하지 않습니다."

젊은 세대가 이름표 달린 것을 좋아하지 않는지는 모르겠지만 이 앨범에는 아주 어울렸다. 피터 새빌은 젊은 세대가 생애 처음으로 구매하는 첫 번째 예술품이 음반이라고 생각했으며 자신의 앨범 커버가 컬렉션의 일부가 되기를 원했다. 그의 말대로라면 음반 가게에서 CD를 고를 때마다 나는 나만의 예술 작품 컬렉션을 완성해가고 있었던 것이다.

북 커버 러버로서 책 역시 음반과 같은 역할을 할 수 있을 것이라 생각한다. 생애 처음 구입했던 책의 표지는 기억나지 않지만 친구 집에서 보았던 세계문학전집의 압도적인 색감을 여전히 기억하고 있다. 범우사의 문고판은 단정한 형태가 주는 차분함을 알게 해줬고, 민음사에서 나온 책표지를 보면서 공간 분할의 묘미를 알게 됐고, 문학과지성사의 책표지가 아름다워서 나중에 이 출판사에서 책을 내고 싶다는 마음을 먹게 됐다. 음반 커버가 음악을 시각적 이미지로 풍성하게 만드는 것이라면, 북 커버는 책 속의 수많은 생각을 한 장의 이미지로 환원시킨 것이라 생각한다.

최고의 북 커버 디자이너 피터 멘델선드의 책《책을 읽을 때 우리가 보는 것들》에는 책을 읽으면서 느끼는 수많은 감각을 재미있게 표현했다. 그중에 내가 가장 좋아하는 문장이 있다.

우리는 환원한다(We reduce).

작가는 글을 쓸 때 환원하고 독자는 책을 읽을 때 환원한다. 우리 뇌는 환원하고 대체하고 상징하도록 되어 있다. 그럴듯한 신빙성은 가짜 우상일 뿐 아니라 다다를 수 없는 고지다. 그래서 우리는 환원한다. 존중하지 않기 때문에 환원하는 게 아니다. 우리는 그렇게 세계를 파악한다. 인간이라서 그렇게 할 수 있다.

이야기를 상상하는 건 결국 환원하는 과정이다. 환원한 빈자리에 우리는 의미를 새로 채운다.

_《책을 읽을 때 우리가 보는 것들》p.432-433
피터 멘델선드 지음, 김진원 옮김, 글항아리

새 책을 구입하면 책장에 표지가 보이도록 세워둔다. 미술관에서 그러는 것처럼 한동안 북 커버를 응시한다. 북 커버가 담고 있을 수많은 세계를 상상한다. '환원하다'라는 뜻의 'reduce' 속 '-duce'는 라틴어로 '이끈다'는 뜻이다. 'duce'를 쓰고 있는 또 다른 단어 'introduce'는 소개하고 안내한다는 뜻이다. 북 커버는 'introduce'의 역할도 하고 'reduce'의 역할도 한다. 우리는 북 커버를 통해 책의 세계로 안내받고, 다시 바깥으로 빠져나오면서 책의 세계를 환원한 다음 북 커버를 응시한다.

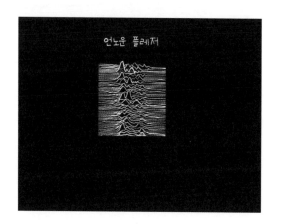

북 커버는

책의 시작이자
끝이다.

다 읽고 난 책의 북 커버는

전과 다르게
보일 것이다.

글항아리

essay

봄의
삽

봄이 되면 삽을 탔다. 은유가 아니다. 군대에 있을 때 실제 삽을 타고 놀았다. 내가 근무했던 철원의 겨울은 모든 것이 정지되는 계절이다. 갑자기 얼어붙는다. 나무들도 숨죽인 채 잠들고, 강의 표면도 동영상 정지 화면처럼 바뀐다. 땅은 금속처럼 변한다. 손을 대보지 않아도 차갑고 단단한 걸 느낄 수 있다. 금속에 삽을 넣을 수는 없다. 겨울에는 삽을 타지 않는다. 삽은 창고에서 잠든다. 봄이 되면 모든 것들이 서서히 움직이기 시작한다. 풀어지고 녹는다. 땅도 말랑말랑해진다. 땅에다 삽을 넣으면 쑥 들어가는 게 마냥 신기했다. 봄이 되면 삽으로 해야 할 일이 많이 생겼다. 땅을 파거나 흙을 옮기거나 모래를 섞는 일이었다. 일하다 쉬는 시간이 되면 '스카이 콩콩'처럼 삽을 탔다. 부드러운 땅이

스프링 역할을 하며 삽을 밀어 올렸다.

스카이 콩콩을 모르는 사람도 있을 것이다. 요즘은 '포고 스틱'
이라고 부르던데 스카이 콩콩이라는 이름이 훨씬 마음에 든다.
포고 스틱은 대체 뭘 하는 물건인지 감이 잡히질 않는다. '스프
링'이라는 단어가 봄을 뜻하면서 '튀어 오르다'라는 뜻이기도 하
듯 스카이 콩콩이라는 이름은 명사이자 동사 같다. 스프링이 달
린 막대기에 몸을 싣는다. 이름 그대로 콩, 콩, 스프링 달린 막대
에 올라타면 머리가 하늘에 닿는 기분이다. 삽으로 스카이 콩콩
을 대신 하려면 흙이 중요하다. 스프링 역할을 할 만큼 알맞게
딱딱한 봄의 흙이 좋다. 우리는 '삽 콩콩'을 타고 높이 솟아오르
곤 했다.

제대하고 나서는 삽을 탈 일이 거의 없다. 삽을 볼 일도 별로 없
다. '삽질하고 있네'라는 말을 들으면 삽이 그리울 지경이었다.
삽질하다 타는 삽 콩콩이 얼마나 재미있었는지 기억을 되살린
다. 삽도 여러 종류다. 끝이 날카롭지 않은 사각형의 '각삽'은 모
래를 섞거나 흙을 퍼 담을 때 쓴다. 플라스틱 삽은 주로 쌓인 눈
을 밀어내거나 왕겨 같은 가벼운 재료들을 옮기는 데 쓴다. 콩콩
을 하려면 끝이 날카로운 '막삽'을 사용해야 한다. 막삽은 도끼
역할도 한다. 땅을 파다 만나는 나무 뿌리를 끊어야 할 때도 제

격이다.

삽을 타고 콩콩을 하면 위태롭다. 부러질 것만 같다. 실제 자주 부러진다. 철로 만들어진 삽의 앞부분과 나무 손잡이의 이음새가 툭 하고 부러지면 다칠 수도 있다. 조마조마한 마음으로 적당한 땅을 고르고 손잡이를 잡고 삽 위에 올라선다. 삽 끝이 땅에 부딪치는 날카롭고 둔탁한 소리, 챙, 챙. 끝이 살짝 휘면서 부러질 것 같은 위태로운 탄력이 몸을 위로 솟구치게 만든다. 스카이 콩콩에 비하면 아주 높이 올라갈 수는 없다. 스프링이 없으니까. 그래도 있는 힘껏 삽을 튕기면 기분 좋게 몸이 솟구친다. 녹아서 부드러워진 흙이 사방으로 튄다.

이제는 삽을 만나도 탈 생각을 하지 못한다. 시골 친척집에 갔다가 삽을 봤지만 올라설 마음이 들지 않았다. 균형을 잡기도 힘들 것이다. 몸은 더 무거워졌고, 무릎도 예전만큼 튼튼하지 못하다. 무엇보다 두려움이 커졌다. 삽은 반드시 부러질 것이다. 부러지면서 나를 바닥에 내동댕이칠 것이다. 나는 친척집 어른들께 비난 어린 눈총을 받게 될 것이다. 병원에 가서는 뭐라고 말해야 하나. "삽을 타다가……." "삽이요? 땅 팔 때 쓰는 그 삽이요?" "네, 그 삽이요. 삽 콩콩이라고." "삽 콩……, 뭐라고요?" "삽으로 콩콩, 바닥을 튕기면……." "세상에 삽 콩콩이라니."

작년 봄에는 작업실의 널찍한 옥상에다 식물을 심었다. 루꼴라와 청양고추와 로메인과 비타민과 함께 흙을 사 왔다. 인터넷으로 모종삽 세트도 샀다. 삽을 이용해 화분에다 흙을 담는 동안 나는 봄을 느꼈다. 예전에는 삽을 탄 채 발끝으로 봄의 감촉을 느꼈다면, 화분에 흙을 옮기면서는 손끝으로 봄의 감촉을 느꼈다. 삽 끝이 흙을 파고드는 순간 수많은 알갱이들이 길을 열어주는 장면을 보았다. 볼 수 없었지만, 이상하게 본 것 같다. 봄은 향기이기도 하고, 온도이기도 하고, 색감이기도 하지만, 나에게는 감촉인 모양이다. 딱딱한 것들이 부드러워지고, 꽉 뭉쳐 있던 것들이 풀어지고, 얼었던 것들이 녹는다. 작아졌던 것들이 부풀어 오르고, 차갑던 것들이 따스해진다.

건강한 흙 1킬로그램에 포함된 미생물은 우리 은하의 별들을 모두 합친 것보다 많다고 한다. 흙 속에도 우주가 있다. 그러고 보니 모종삽은 우주선을 닮았다. 이제는 그걸 탈 수는 없지만, 손으로 우주선을 조종할 수는 있다. 나는 모종삽을 들고 괜히 흙을 파헤쳐보기도 했다. 스르르륵 흙을 파고드는 감촉, 적당한 저항이 있지만 겨울의 땅보다는 수월하게 깊은 곳까지 들어갈 수 있다. 셀 수 없이 많은 미생물들의 사이를 헤집고 들어가면서 어둠 속에다 빛을 심어 나간다.

여름의
모자

어린 시절, 서부 영화를 볼 때마다 가슴이 뛰었다. 악당을 향해
재빨리 권총을 뽑아드는 주인공의 실력도 감탄스러웠지만, 제
일 멋져 보였던 것은 주인공이 쓰고 있는 모자였다. 넓은 챙은
주인공의 얼굴에 깊은 그림자를 드리워 신비로움을 더했다. 눈
은 잘 보이지 않고, 묘한 미소를 짓고 있는 입술이 두드러졌다.
나도 모자를 쓰고 악당에 맞서 싸우고 싶었다. 나의 현실은 영화
와 달랐다. 총도 없고, 모자도 없고, 악당도 없다. 총이야 한국이
니까 그렇다 치고, 악당을 만나지 않은 것은 다행이라 치고, 나
는 왜 모자도 없을까. 돌아서면 배가 고픈 중학생에게 모자는 사
치 품목이었다. 대부분의 용돈은 (떡볶이) 먹고 (콜라) 마시고 (오
락실에서) 노는 데 썼다. 어머니도 말씀하셨다. 모자는 머리 다 크

면 그때 사라고.

모자와는 인연이 없는 세대라고 해야 할까. 1983년 교복자율화
가 시작됐고, 그해에 나는 중학생이 됐다. 교복과 함께 모자도
사라졌다. 영화 〈친구〉에서 장동건이 삐뚜름하게 썼던 그 모자,
멋진 디자인이라고 생각하지는 않지만, 그래도 모자인데, 모자
를 마음껏 쓸 수 있었는데……, 군대에 가서야 마음껏 모자를 쓰
게 됐다. 질리도록 모자를 썼다. 전투모도 쓰고, 철모도 썼다. 결
국 모자에 질리고 말았다. 철모를 쓸 때는 언제나 곤혹스러웠다.
커다란 요강을 내 머리에 뒤집어쓰는 것 같았다.

모자는 멋으로 쓰는 게 아니었다. 죽지 않기 위해서, 살아남기
위해서 쓰는 것이었다. 총알 맞을 걸 대비해서 철모를 쓰는 거
고, 그늘 한 조각 없는 넓은 초원에서 일을 하기 위해 챙이 넓은
카우보이 모자를 쓰는 거다. 모자는 고통이었다.

카우보이 모자를 재발견하게 한 영화는 이안 감독의 〈브로크백
마운틴〉이다. 산에서 일을 하다 사랑에 빠진 두 남자는 늘 카우
보이 모자를 쓰고 있다가 저녁이 되어야 모자를 벗는다. 그리고
사랑을 나눈다. 처음 사랑을 나눌 때는 부끄러운 듯 모자로 몸을
가린다. 사랑하는 사람과 이별해야 하는 순간 울음이 터져 나올

때, 세상 사람들이 보지 못하게 모자로 눈물을 가린다. 그렇게 슬픈 모자는 처음 봤다.

이제 내게 모자는 필수품이 됐다. 성인이 되어 갑자기 시작된 햇빛 알레르기 때문에 야외 활동을 하기 위해서는 모자가 반드시 필요하다. 햇빛에 30분 이상 노출되면 목과 팔이 발갛게 달아오른다. 모자를 써도 완전히 피할 수 없지만 증상을 줄일 수는 있다.

한동안 모자보다 햇빛을 효과적으로 막을 수 있는 양산을 써보기도 했다. 뭔가 어색하다. 고정 패널로 출연했던 프로그램 〈대화의 희열〉에서 박항서 감독을 만나러 베트남에 다녀온 적이 있다. 베트남 시내를 잠시 산책하는 장면을 찍어야 해서 양산을 폈다가 '우산 든 비광을 닮았다', '혼자서만 양산을 든 모습이 참 얌체 같았다', '그 양산 예쁘던데 어디서 산 거냐?' 같은 주위 반응에 시달리기도 했다.

모자가 결국 답이다. 모자만이 나를 지킬 수 있다. 모자를 사야 하는데 남자를 위한 멋진 모자 찾기가 왜 이렇게 힘든지 모르겠다. 밭일할 때 쓰는 모자들은 하나같이 자외선 차단 기능에만 초점을 맞추어 일상생활에서 사용하기 힘들다. 비니는 챙이 아예 없으니 탈락, 버킷은 얼굴로 오는 자외선을 막아줄 수는 있으나 목덜미를 지켜줄 수 없으니 탈락, 페도라나 카우보이 모자는 맞춰서 입을 옷 찾기가 더 힘들어서 탈락, 탈락, 탈락시키다 보니 이럴 바에는 모자를 한번 만들어볼까 싶기도 했다. 그것은 손재주가 없어서 탈락.

내가 원하는 모자는 챙이 무척 넓어야 한다. 얼굴과 목덜미는 물론 어깨까지 가려줄 수 있으면 좋다. 내 시야는 차단하지 않으면서 사람들의 시선은 막아줘야 한다. 바람이 살랑살랑 통하지만 지나치게 흐느적거려선 안 된다. 비도 막아줄 수 있으면 좋겠다. 접어서 주머니에 넣을 수 있으면 더욱 좋겠고, 어차피 챙이 넓을 테니 블루투스 스피커가 달려 있으면 어떨까. 햇볕 아래 나만의 공간이 생기겠지. 전력은 태양광으로 충전하고, 자외선의 수치에 따라 그에 맞는 음악을 자동 선곡하며……, 그냥 내 머리 위에 언제나 구름이 있으면 좋겠다.

요즘은 고어 텍스 소재로 만든 트래킹 모자와 파타고니아의 '배기 브리머(Baggie Brimmer)'를 주로 쓰고 있다. 가볍고 챙이 넓은 모자들이다. 여름이 되면 모자를 쓰고 동네 산책을 나설 것이다. 햇볕은 따갑겠지만 모자가 있으면 견딜 만하다. 여름은 강렬하고 무자비하고 직설적이지만, 모자가 있다면 친구가 될 수도 있

다. 모자는 멋짐이었다가 고통이었다가 슬픔이었다가 방패였다
가 이제는 친구가 됐다.

가을의
고등어

명절이 되면 부모님은 반드시 고향에 갔다. 경상북도 안동. 길은
멀었다. 친가는 조금 멀었고, 외가는 아주 멀었다. 멀었지만 외
가에 가는 게 조금 더 즐거웠다. 음식 때문이었다. 친가는 비린
내가 났고, 외가는 비린내가 나지 않았다. 고등어 때문이다. 나
의 즐거움과는 상관없이 친가에 더 자주 갔다. 두 시간 기차를
타고 내리면 어머니는 역 화장실에서 옷을 갈아입었다. 이상하
게 그 시간이 오랫동안 기억에 남아 있다. 화장실 앞에서 어머니
를 기다리던 시간. 명절이 싫었고, 다시 기차를 타고 집으로 돌
아가고 싶었다. 버스로 갈아타야 했다. 버스를 타면 어머니는 멀
미를 했다. 언제나 비닐봉지를 준비했던 기억이 난다. 차 안에서
는 언제나 매캐한 냄새가 났다. 어머니는 멀미를 할 때도 있었

고, 간신히 참아 넘길 때도 있었다. 비닐봉지를 들고 조마조마해
하던 어머니의 표정이 생각난다. 어쩔 수 없지. 그런 표정.

친가의 친척들은 대체로 친절했지만, 음식들은 유난히 불친절
했다. 입에 맞는 반찬이 거의 없었다. 평소에도 입이 짧았는데,
할머니와 큰어머니가 해주는 반찬은 건너기 힘든 거대한 웅덩
이였다. 짜거나 비리거나 쿰쿰했다. 거대한 웅덩이는 돌아가는
수밖에 없다. 밥은 대충 건너뛰고 동네에 하나밖에 없는 가게로
달려가서 과자를 사 먹었다.
반찬 중에서도 유난히 거슬렸던 것은 고등어였다. 어머니가 잘
발라서 밥숟가락 위에 올려준 고등어 구이는 늘 비렸다. 고등어
는 비린 음식이구나. 참고 먹어보려고 하면 언제나 가시가 있었
다. 고등어는 가시가 있는 음식이구나. 입속에서 가시가 마구 요
동치며 나를 찔러댔다. 가시가 있고 비린 고등어는 질색이었다.
한동안 고등어는 불편한 친가를 떠올리게 하는 음식이었다.

고등어를 다시 만난 것은 제주에서였다. 아마 가을이었을 것이
고 누군가 이렇게 말했던 것 같다. "제주에 가면 무조건 고등어
회와 갈치회를 먹어야지."
그 비릿한 고등어를 심지어 회로 먹는다고? 나는 그냥 돼지고기
를 먹기로 했다. 제주에는 고등어말고도 먹을 게 많을 줄 알았는

데, 제주에서는 고등어를 피하기 힘들었다. 어딜 가나 메뉴판에 고등어가 써 있는 것 같은 느낌이었다.

정면승부다. 어린 시절의 친가와 맞붙어 싸워보기로 했다. 극복하거나 더 깊은 트라우마를 경험하며 평생 고등어의 '고'자도 보기 싫어지거나. 가장 맛있다는 집으로 갔다. 고등어회와 갈치회를 세트로 팔고 있었다. 비린 맛은 전혀 없었다. 가을의 고등어는 담백하고도 기름기가 넘쳐흘렀다. 질깃한 듯하지만 씹다 보면 쫀득한 살점이 서서히 녹아내린다. 함께 먹은 갈치회도 맛있었지만 고등어에 비할 바가 아니었다. 갈치는 씹을수록 고소한 맛이 흘러 넘쳤지만 고등어는 우직하고도 뭉근했다. 아니 대체 어린 시절의 친가에서는 고등어에 무슨 짓을 한 거야?

나중에 알게 됐다. 부모님의 고향 경상북도 안동은 내륙 지방이어서 생선 구하기가 힘들었다. 간고등어가 유명해진 것도 그때문이다. 운송을 쉽게 하기 위해 산지에서 염장해 가져온다. 어릴 때 먹었던 고등어가 간고등어였는지는 기억나지 않는다. 싱싱한 생물 고등어가 아닌 건 분명했다. 지금은 냉장, 냉동 기술의 발전으로 어디에서나 맛 좋은 고등어를 먹을 수 있겠지만, 그때는 아니었다. 어릴 때 먹었던 고등어 구이와 제주에서 먹은 고등어회는 전혀 다른 생선이었다.

이제 고등어는 가장 좋아하는 식재료가 됐다. 고등어를 얹은 온 메밀도 해 먹고, 술집에서는 '시메사바'를 자주 주문한다. 외식을 할 때면 고등어구이, 고등어회, 고등어조림 모두 영순위 메뉴들이다. '한밤중에 목이 말라 냉장고를 열어 보면' 냉동실 귀퉁이에 '고등어구이 온소바'가 놓여 있다. 마음이 흐뭇해져서 편안하게 코를 골면서 잠을 잔다.

어린 시절의 고등어구이는 더 이상 트라우마가 아니다. 오히려 이야깃거리가 됐다. 어머니와 가끔 그 시절에 대해 이야기한다. 그때 고등어는 너무 비렸다고 이제야 투정한다. 예천역에서 너무 배가 고파 짬뽕을 사 먹었던 기억도 함께 떠올렸다.

고향 김천에서 아침에 출발하면 안동 친가에는 해질녘에야 도착했다. 모든 게 느렸고, 지루했고, 불편했다. 느릿느릿하게 흘러갔던 시간과 어머니를 기다리며 바라보았던 역 앞의 풍경과 코끝을 찔렀던 비릿함이 뒤섞여서 어린 날의 한 시절을 채우고 있다. 더 이상 경험할 수 없는 비릿함이 됐다. 이제는 더 이상 친가에 가지 않는다. 어머니와 아버지는 가끔 가지만 가족이 모두 함께 가는 일은 없다. 안동으로 가는 교통편은 좋아졌고, 버스에서 나는 매캐한 냄새도 모두 사라졌을 것이다. 어린 시절의 고등어가 비리지 않았다면 큰일날 뻔했다.

겨울의
코트

콩나물을 많이 먹어서 그래. 아니다. 콜라 때문인가. 예전에 가게 할 때, 너 학교에서 돌아오면 그냥 벌컥벌컥, 하루에 콜라 몇 병씩 마셨잖아. 콜라 마신 거 안 들키려고 공병을 저기 언덕에다 획 던졌잖아. 거기 보면 빈 콜라병이 수북하게 쌓여가지고……. 엄마 아빠 안 닮아서 다행이지. 엄마 아빠는 다 작은데.

내 키에 대해서 어머니가 늘 하는 이야기들이다. 나도 모르겠다, 어쩌다 키가 큰 것인지. 중학교 졸업할 때만 해도 큰 키는 아니었는데, 고등학교 1학년 때 갑자기 키가 쑥쑥 자랐다. 콩나물은 많이 먹지 않았고, 밥은 많이 먹었고, 반찬도 많이 먹었고, 또 콜라도 많이 먹긴 했으니 밥과 콜라 때문인가 싶지만, 따로 짚이는 게 하나 있다.

고등학교 1학년이면 내 인생에서 가장 생각이 복잡할 때였다. 고등학교 선발고사에서 낙방한 다음 후기로 들어간 실업계 고등학교는 여러모로 나와 맞지 않았다. 공부는 거의 하지 않고 친구들과 몰려다니면서 인생을 논하거나 시답잖은 농담을 하거나 농구 시합을 했다. 다른 운동보다 농구를 많이 했다. 여기저기 툭툭 부딪히면서 리바운드를 잡아내고, 멀리 있는 골대를 향해 있는 힘껏 슛을 던지고, 발바닥이 아플 정도로 하늘을 향해 점프하는 기분이 좋았던 모양이다.

내 농구 실력은 변변치 않았지만 농구 잘하는 친구들이 언제나 시합에 끼워주었다. 종합해보자면, 인생 최대의 시련을 맞은 다음 좌절이 온몸에 들어찬 상태로 하늘을 향해 있는 힘껏 뛰어오르길 반복하다 보니 키가 큰 셈이다. 똑같이 따라 한다고 해서 성공할 확률은 없다. 시련이 어느 정도여야 하는지 농구 시합을 몇 차례나 해야 하는지 정확한 데이터를 정리할 수 없다. 고등학교 2학년 때는 지금의 키 183센티미터를 완성했다.

오우삼 감독의 〈영웅본색〉을 본 후로 내가 할 일을 찾았다. 큰 키로 할 수 있는 일이 '버스 손잡이 쉽게 잡기' 정도밖에 없는 줄 알았는데, 영화 속 주윤발의 모습을 보고 롱코트를 사야겠다고 마음먹었다. 주윤발의 모습은 우아했다. 첫 등장 장면에서 친구와 장난을 칠 때도, 혼자 적진에 들어가서 여러 명과 대결을 할 때도 그는 롱코트를 입고 있었다. 롱코트를 입고 횡단보도의 신호를 기다리고 있을 때 내레이션이 흘러나온다. '강호의 도의는 사라진 지 오래됐네. 아무도 믿을 수 없지.' 주윤발은 믿을 수 있는 사람이었고, 롱코트를 입고 있었다. 주윤발은 화분에 숨겨둔 총을 꺼내 들고는 적을 해치웠고, 롱코트를 입고 있었다. 살아남은 적에게 총을 맞았고, 롱코트를 입고 있었다. 주윤발의 신체 정보를 잡지에서 찾아냈고, 키가 184센티미터라는 것을 알아냈다. 나는 주윤발이 아니었고, 키가 비슷한 것말고는 공통점이 거의 없었지만 우리는 둘 다 롱코트를 입고 있었다.

롱코트를 오랫동안 입고 나서야 멋으로 입는 게 아니란 걸 알았다. 길을 걸을 때 코트 자락이 펄럭이면 이상하게 기분이 좋다. 새들이 하늘을 날 때 이런 기분일까. 바람 부는 날 깃발이 펄럭일 때 나는 소리, 옷깃을 여미면 담요처럼 온몸을 모두 감싸는 듯한 안락함. 갑옷처럼 세상으로부터 나를 보호해줄 것 같은 단단함. 다른 옷에서는 절대 느낄 수 없는 장점들이다.

롱패딩의 유행은 무서웠다. 나도 편승한 적이 있다. 따뜻함이 최고의 가치가 됐고, 추위에 떨던 내가 여러 벌의 롱패딩을 샀다. 롱패딩은 편리하고 따뜻하지만 포근하지는 않다. 나를 보호해주지만 감싸주지는 않는 것 같다. 지금도 롱패딩을 자주 입지만 마음이 차가운 날에는 롱코트를 입을 수밖에 없다.

롱코트에 대해서 조금은 무덤덤해졌을 때 불씨를 되살린 사람은 키아누 리브스였다. 심야 영화로 〈매트릭스〉를 보고 나오던 때를 지금도 기억하고 있다. 극장 주차장에서 나는 흥분 상태였고, 당장 집에 가서 롱코트를 꺼내 입고 매트릭스로 뛰어들고 싶었다. 현실의 네오(키아누 리브스)는 낡고 찢어진 티셔츠를 입고 있지만, 매트릭스 속에서 그는 발목까지 덮는 롱코트를 입고 있다. 적의 본거지로 들어갈 때 네오는 온몸 곳곳에 총을 숨긴 다음 롱코트로 가렸다. 적들과 총격전을 펼칠 때 그는 롱코트를 입고 있었다. 총알을 피하기 위해 뒤로 몸을 한껏 젖히는데도 롱코트는 땅에 닿지 않았다. 마지막 장면에서 네오가 하늘을 날아오를 때, 롱코트를 입고 있었다. 롱코트는 슈퍼맨의 망토처럼 펄럭였고, 내게는 새의 날개처럼 보였다.

땅에 발붙이고 살면서도 가끔 하늘을 나는 것 같은 기분을 만끽하고 싶을 때 롱코트를 입게 된다. 누구에게나 롱코트 같은 옷이 한 벌쯤 있을 것이다. 날개가 되는 옷이 있을 것이다. 옷이 날개다.

가장 좋아하는
표지 디자이너

오늘은 북 커버 러버가 가장 좋아하는 표지 디자이너 이야기를 해야겠어. 이름하여 '북 커버 러버스 북 커버 디자이너'라고 해야겠지. 모두 미피(Miffy)라는 캐릭터를 알 거야. 귀를 쫑긋 세우고 있고 입에는 엑스 표시를 하고 있는 토끼. 미피를 만든 디자이너는 네덜란드 사람 딕 브루너야. 딕 브루너는 1927년 정묘년 붉은 토끼의 해에 태어났어. 토끼를 그릴 운명이었던 거지. 1955년 여름, 딕 브루너는 아내와 한 살짜리 아들 시르크와 가족 여행을 떠났어. 여행을 즐기던 어느 날, 세 가족은 작은 토끼 한 마리가 모래 언덕으로 뛰어가는 걸 보았지. 딕은 아들에게 작은 토끼를 그려주었고, 전설이 시작됐어. 딕 브루너가 세상을 떠나던 2017년까지 미피는 오십 개 이상 언어로 번역됐고, 엄청난 규모의 부가 가치를 창출해냈어. 노란색을 좋아하고 토끼를 좋아하고, 귀여운 걸 좋아하는 사람이라면 집에 미피 인형 하나쯤은 있을 거야. 우리 집에도 여러 개 있어.

미피가 엄청난 인기를 끄는 바람에 오해도 생겼지. 딕 브루너가 평생 귀여운 토끼 그림만 그리다 간 줄 아는 사람이 많아. 아냐. 귀여운 돼지도 그렸고, 몹시 예쁜 곰도 그렸어. 고양이도 그렸어. 그리고 무엇보다 끝내주는 북 커버들을 남겼지.

딕 브루너는 자유로운 예술가의 삶을 꿈꾸다가 결혼하면서 직장인이 됐어. 아내가 된 이레네의 아버지, 그러니까 장인어른이 '결혼하려면 안정적인 직업을 가지라'고 했기 때문이지. 딕의 아버지가 'A.W.브루너'라는 출판사를 운영하고 있었는데 곧장 회사의 표지 디자이너로 취직했어. 정직원으로. 딕 브루너는 예술가의 꿈이 완전히 끝나버렸다고 생각했지만 반대였어. 안정감 덕분에 창조적인 실험을 할 수 있었지. 아내 이레네는 이렇게 말했대.

> "딕은 용감한 사람이었어요. 여러 가지 다른 일들을 해낸 걸 보면 알 수 있지요. 때로는 위험도 감수했어요. 책표지 작업을 하지 않았다면 딕은 고유의 그래픽 스타일을 발전시킬 수 없었을

것입니다."

_《딕 브루너》 브루스 잉먼·라모나 레이힐 글, 황유진 옮김, 북극곰

딕은 책표지에다 자신의 모든 예술혼을 쏟아붓지 않았어. 어떻게 하면 잘 팔릴 책을 만들까 고민했지. 단번에 독자들의 흥미를 끌고, 여행자들의 눈길을 사로잡고, 출판사의 인지도를 높일 책. 딕 브루너의 북 커버 초기작을 보고 있으면 여전히 깜짝 놀라게 돼. 단순한 면의 조합으로 이뤄진 형태와 과감한 색 선택으로 세련된 표지를 만들어냈지. 장 브루스의《방콕에 울린 총탄》의 책표지에는 대나무 숲 사이를 지나가는 남자의 실루엣을 정말 근사하게 표현했어. 내가 좋아하는 북 커버야.

내가 딕 브루너의 북 커버를 얼마나 좋아했냐면, 실제 작품을 보기 위해 네덜란드 위트레흐트에 있는 딕 브루너 뮤지엄에도 다녀왔어. 딕 브루너가 살아 있을 때였지. 거기에서 딕 브루너의 초기 북 커버와 미피 캐릭터의 초기 모습도 볼 수 있었어. 딕 브루너는 거의 평생을 위트레흐트에 살았고, 자전거를 타고 가끔 뮤지엄에 들르기도 했다던데, 나는 만나지 못했지. 그래도 딕 브루너의 숨결은 느낄 수 있었어.

딕은 디자인을 하기 위해 원고 더미 상태로 배달 온 책을 모두

읽었대. 분위기를 파악하고, 스케치를 하고, 색채의 관점에서 이야기를 보고, 자신이 주인공이 되면 어떤 일이 벌어질지 상상했대. 책 속에 흠뻑 빠져든 거지.

딕 브루너의 표지 중 압권은 조르주 심농의 '매그레' 시리즈(열린책들)라고 생각해. 모든 매그레 시리즈에는 파이프가 등장하는데, 하나의 사물로 시리즈의 연결성을 만든 거지. 조르주 심농은 딕 브루너에게 이런 편지를 보냈어.

> 내 신작을 위해 만들어준 표지는 전작보다도 간결했소. 내가 글을 쓰며 성취하려는 것을 당신은 그림을 통해 성취했다오.
>
> _《딕 브루너》

딕 브루너의 표지는 간결하지만 복잡했고, 유머러스하면서도 유혹적이었고, 이야기 전달에 있어서는 누구보다 선명했지. 자신이 하고 싶었던 예술을 하면서도 상업적인 감각을 잊지 않았던 딕 브루너의 표지를 보면서, 나는 지금도 이렇게 중얼거려.

"딕, 언젠가 당신에게 내 소설의 북 커버를 부탁하고 싶었는데, 너무 안타까워요."

THE ILLUSTRATORS

딕 브루너

Dick Bruna

브루스 잉먼, 라모나 레이힐 글

황유진 옮김

북극곰

칩 키드

전자책은 몹시 사랑스럽지. 손바닥만한 아이패드에 수천 권의 책을 넣어 다닐 수 있어. 내 손바닥이 좀 큰 편이긴 하지, 하하하. 책을 읽고 싶을 때면 언제든 전원 버튼을 누르면 돼. 번쩍, 밝은 화면 속에 새로운 세상이 가득하지. 글자 크기도 마음대로 바꿀 수 있고, 멋진 문장이 나오면 옮겨 적을 필요도 없어. 그냥 복사해서 붙여 넣기 하면 되니까. 아쉬운 게 딱 하나 있어. 표지를 제대로 볼 수 없다는 거. 책표지를 선명한 사진으로 넣어두었지만 아무래도 실감이 덜 나고, 책등이나 뒤표지도 볼 수 없으니까. 좀 더 기술이 발전하면 책 모양의 전자책이 나오지 않을까? 책하고 똑같이 생겼는데 전자책인 거야. 이상한가? 그런데 이거 어쩌지, 배터리가 5퍼센트밖에 없네. 충전기가 어디 있더라?

북 디자이너 중에 '칩 키드'가 있어. 아마 세계에서 가장 유명한 북 디자이너 중 한 명일 거야. 무라카미 하루키와 올리버 색스는 책을 낼 때 '칩 키드가 책 디자인을 맡을 것'이라고 계약서에 표시해둔대. 계약서에 또 어떤 조항들이 들어 있는지 궁금해 죽겠네. 종이 두께와 글자꼴과 글자 크기와 종이에서 나는 냄새도 정해둔 거 아닐까? 그럴 수 있다면 나는 시트러스 향이 나는 책으로!

칩 키드의 가장 유명한 작품은 마이클 크라이튼의 《쥬라기 공원》이야. 책표지로 사용된 이미지가 영화의 포스터에도 등장했고, 공룡을 표현하는 대표적인 형태가 됐으니까. 칩 키드가 테드(TED) 강연에서 《쥬라기 공원》 작업한 이야기를 들려줬어. 자연사 박물관에 가서 공룡뼈도 살펴보고 기념품 가게에 가서 공룡 그림도 샀대. 사무실로 돌아와서 공룡 뼈 사진 한 장을 복사해서 그 위에다 트레이싱 페이퍼를 올려두었고, 래피도그래프 펜(rapidograph pen)으로 따라 그리기 시작했어. 칩 키드는 이렇게 말을 이어나갔지.

"나는 공룡을 재구성하기 시작했어. 내가 뭘 하고 있는지도 몰랐고, 어디로 향하고 있는지도 몰랐어. 어느 순간, 나는 멈췄지. 너무 멀리까지 가는 게 아닌가 싶을 때 그만뒀어."

https://youtu.be/cC0KxNeLp1E

북 디자이너들이 어떤 식으로 작업하는지 궁금했는데 칩 키드의 말을 듣고 깨달았지. 예술 작업은 비슷하구나. 내가 소설을 쓰는 방식하고도 닮았어. 소설가 역시 꿈에서 소름 끼치는 계시를 받을 때 말고는 현실을 모사하는 작업부터 시작하니까 말야.

현실 속의 어느 한 장면을 머릿속에 복사한 다음, 그 위에다 트레이싱 페이퍼를 올려두고 그대로 따라 해봐. 똑같이 그리는 게 아니라 나만의 래피도그래프 펜으로, 나의 기억으로, 나의 손끝으로, 비슷하지만 새로운 현실을 만드는 거지. 내 경우에는 그걸 그림이 아니라 문장으로 만든다는 차이가 있지만. 중요한 건, 어디서 멈추는가, 어디까지 닮게 할 것인가, 얼마나 다르게 그릴 것인가, 완성됐다는 걸 어떻게 알아차릴 것인가.

《한끗 차이 디자인 법칙》과《고 GO: 칩 키드의 그래픽 디자인 가이드》를 보면 칩 키드가 어디에서 아이디어를 발견하는지 자세하게 나와 있는데, 그중에 재미있는 에피소드가 하나 있어. 칩 키드는 어거스텐 버로스(Augusten Burroughs)가 쓴《Possible Side Effects》책표지에 제목을 풍자해서 손가락이 여섯 개인 손을 그려 넣었어. 얼마 후 애리조나 주 피닉스에 사는 팬으로부터 이메일이 도착했대.

"이 표지를 보고 눈물을 참을 수 없었습니다. 제가 혼자가 아니라는 것을 깨달았거든요."

첨부된 사진 속에는 얼굴을 가린 누군가가 표지와 똑같은, 손가락이 여섯 개인 손을 들고 있었어. 예술이란 그런 건가 봐. 내가 마음껏 상상한 세계를 있는 힘껏, 그럴 듯하게 그려내면, 알지도 못하는 누군가 그 세계를 보고는 혼자가 아니라는 사실을 깨닫는 것.

내 소설을 읽고 '위로가 되었다'는 말을 해준 사람이 있어. 나는 그 사람이 어떤 위로를 받았는지 전혀 알 수 없지만, 우리는 같은 세계를 (같다기보다는 닮은 세계를) 공유하고 있는 사이가 된 거지. 그런 일을 하기에 책보다 좋은 건 없는 것 같아. 전자책 말고 종이책.

가끔 서점 구석의 귀퉁이 책장에 꽂혀 있을 내 책을 상상해봐. 딱히 누굴 기다리지는 않지만 누군가 자신을 뽑아들면 몸서리치며 좋아하지. 표지를 보고 '엇, 재미있겠네, 집으로 데려가야겠다' 혼잣말을 하면서 책과 함께 서점을 나서는 어떤 사람을 떠올려.

내 머리에서 시작했고 손으로 직접 타이핑해서 종이 위에서 이야
기가 된 책의 세계, 그걸 넘겨가면서 해독하려 애쓰는 누군가의
눈빛과 손길과 숨결. 책을 생각하면 늘 그런 상상을 하게 되지.

엇, 아이패드 충전 다 됐다.

폰트

어제는 전자책 한 권을 구입했어. 마르틴 베크 시리즈 9《경찰 살해자》. 이 시리즈 진짜 재미있는데, 아직도 안 본 사람 있어? 진짜 부럽다. 한 권 한 권 읽어 나갈 때마다 얼마나 신날까. 박찬욱 감독님의 영화 〈헤어질 결심〉에서 장해준(박해일) 형사가 마르틴 베크 시리즈의 팬으로 나오잖아. 박찬욱 감독님이 워낙 마르틴 베크를 좋아하기도 하고.

전자책으로 소설을 읽기 전에, 과정이 하나 더 필요해. 폰트를 정해야 하거든. 기본 폰트로 읽으면 되지 않냐고? 절대 그렇게는 못 하지. 전자책 보는 재미의 절반이 폰트를 내 맘대로 할 수 있다는 건데, 어떻게 그걸 포기해? 책의 내용에 어울리는 폰트와 글씨 크기를 정한 다음에야 책을 읽을 수 있어. 글씨체가 다양하지 않아서 선택의 여지는 별로 없지만 그래도 이런저런 폰트로 바꿔보면 재미있어. 마르틴 베크 이야기는 긴박한 상황이 이어지고 문체는 고전적이니까 의외로 '서울 남산체'가 어울리네. 어떤 날은 폰트 정하는 데 한 시간 이상 걸린 적도 있어. 폰트 정하다 지쳐서 책 읽기는 포기했지.

폰트에 대한 재미난 농담을 읽었어. 세 개의 폰트가 술을 마시려고 술집에 들어갔대. 헬베티카, 타임스 뉴 로만, 그리고 코믹 산스. 남자 바텐더가 코믹 산스를 돌아보며 이렇게 말했어.

"죄송합니다. 저희는 손님 같은 타입(type)은 받지 않습니다."

얼마나 깔깔대면서 웃었는지 몰라. 세라 하이드먼의 책《폰트의 맛》에 나오는 얘긴데, 세 가지 폰트의 모양을 알아야만 웃기는 농담이긴 하지. 헬베티카는 스위스에서 탄생해 뉴욕에서 성공한 폰트로 유명해. 싫어하는 사람이 별로 없는, 가장 중립적인 성격의 산세리프 글자체지. 뉴욕 지하철에 가면 헬베티카 천지야. 타임스 뉴 로만은 영국의 대표적인 신문 '더 타임스'에서 지원받아 1932년 스탠리 모리슨이 디자인한 세리프 서체야. 영문 에세이, 학위 논문 등에서 표준 폰트로 자리잡고 있으니까 폰트계의 셀럽이라고 할 수 있겠지.

반면에 코믹 산스는 딱딱한 인쇄체가 아니라 사람이 쓴 것 같은 느낌을 주는 글자체야. 친근감은 넘치지만 너무 장난스러운 폰트라고 할까. 바텐더 입장에서는 코믹 산스가 '품위 없다'고 느껴서 입장을 거절한 거지. 각각의 폰트를 인격체처럼 생각해서 상상해보면 입장 거절당한 코믹 산스에게 감정이입하게 되더라고. 아마 코믹 산스는 이렇게 답했을 거야.

"흥, 나도 헬베티카, 타임스 뉴 로만하고 노는 거 지겨웠어. 나는 나가서 굴림체랑 놀 테니까 다들 잘해보셔."

한국의 글꼴로도 이런 농담을 할 수 있을 거 같아. 돋움체랑 바탕체랑 굴림체랑 궁서체가 술을 마시러 주점에 들어갔어. 이런저런 이야기를 주고받으면서 술을 꽤 마셨지. 돋움체는 흐트러짐 없이 앉아 있었고, 굴림체는 혀가 약간 꼬여서 아무 얘기나 하고 있었고, 바탕체는 옆에 앉아 있는 궁서체를 놀리고 있었어.

"야, 부담스러워. 너는 왜 이렇게 진지한 건데?"

솔직히 나는 바탕체보다 궁서체 편이야. 소설가라면 궁서체를 좋아할 수밖에 없어. 궁서체, 궁체는 궁녀들이 궁에서 쓰던 글씨체였어. 궁에서 편지글을 받아 쓰던 궁녀들은 휴가를 받게 되면 사가에 와서 아르바이트를 했는데, 당시 유행하던 소설 필사를 도맡아 한 거야. 궁체가 살아남은 것은 한글 소설을 통해서였고, 한글 소설 역시 궁체 덕분에 널리 퍼질 수 있었던 거지. 내가 주점에 함께 앉아 있었다면 바탕체에게 이렇게 말했을 거야.

"바탕체야, 넌 궁체로부터 온 주제에 왜 그렇게 말이 많아?"

궁서체를 좋아하지만, 아무리 편을 들어주고 싶어도 북 커버에 큼지막하게 자리잡고 있는 궁서체를 볼 때는 피하게 되더라고. 웃기려 드는 책이나 궁서체가 딱 맞아 떨어지는 감성의 책이라면 몰라도 궁서체가 표지에 올라오는 순간, 당황스러운 감정을 지울 수가 없어. 시대에 따라서 상황에 따라서 글꼴의 의미도 달라지게 마련이지.

글꼴에 대한 멋진 책《글자 풍경》을 쓴 유지원 씨는 시집과 소설책에 대한 멋진 제안을 한 적이 있어.

> 가끔 젊은 소설가나 시인들의 책을 보면 표지는 그만큼 젊은 활력이 넘치는데, 명조체로 조판된 본문은 그들의 정신과 문체

의 싱싱함에 어울리지 않는다는 인상을 받곤 한다. 하지만 긴 글을 위한 본문용으로는 마땅히 명조체를 대체할 만한 한글 폰트가 없기에 부득이 천편일률적으로 명조체를 써 올 수밖에 없었다.

_《글자 풍경》유지원 지음, 을유문화사

그들의 활력에 어울리는 본문 폰트가 필요하다는 지적인데, 나도 100퍼센트 공감. 다음에 펴낼 내 소설집에는 소설 각각에 맞는 다양한 본문 폰트를 개발해서 써볼까 생각 중이야. 나도 출판사에 제안하고 싶은 게 있어. 북 커버에 쓰이는 폰트의 이름도 표지에 적어주면 어떨까? 직접 만든 폰트라면 디자이너의 이름도 같이 적어주면 어떨까? 북 커버에 쓰이는 폰트에 대해서도 조금 더 관심을 가져주면 좋겠어.

글자에 아로새긴
스물일곱 가지 세상

글자 풍경

유지원 지음

우리가 지금껏 경험하지 못했던
독창적 시선
예술과 과학 그리고 철학을 아우르는
글자 오디세이

"유지원은 과학자의 머리와 디자이너의 손과
시인의 마음을 가진 인문주의자다"
박찬욱(영화감독)

 을유문화사

을유문화사
표지 사용 폰트:
윤명조 330

추천사

가끔 추천사를 써달라는 제안이 들어와. 이런저런 내용의 책이 있는데 읽어보고 추천의 글을 써줄 수 있냐는 거지. 읽어보고 내 맘을 움직이는 책이면 추천사를 쓰고, 그렇지 않으면 거절을 해. 빠른 판단이 중요하지. 거절은 빠르고 정중한 게 좋으니까. 재미 있는 책이지만 내가 보탤 말이 별로 없는 책도 있고, 대중적인 관심을 받기는 힘들겠지만 내가 정말 좋아하는 내용의 책인 경우도 있어. 한번은 그런 적도 있어. 거절할 타이밍을 놓치는 바람에 어쩔 수 없이 추천글을 쓰게 됐는데, 와, 진짜 힘들더라. 몸을 쥐어짜는 느낌이랄까, 할 말이 없는데 계속 내 입을 비틀어대는 기분이랄까. 그 다음부터 정말 거절은 빨리 하게 됐지. 프리랜서로 살아가기 위한 생활의 지혜니까 적어두길 바랄게. 거절은 빠르고 정중하게. 정중하기 힘들면 빠르게라도.

추천사를 쓸 때면 늘 궁금한 게 있어. '이 책의 표지는 어떤 디자인으로 나오게 될까.' 추천사를 쓰는 시점에는 책표지가 완성되지 않은 경우가 많아. 완성되지 않은 책의 표지를 상상하면서 글을 쓰는 거지. 내가 추천의 글을 쓰는 동안 디자이너는 책표지를 디자인하고 있는 거야. 함께 책을 만든다는 기분 좋은 동료 의식이 생기기도 하고, 내가 추천의 글을 쓰는 동안에도 여러 종류의 표지가 만들어졌다가 사라질 생각을 하면 기분이 이상해지기도 해. 선택받지 못한 표지들은 다 어디로 가는 걸까.

내가 추천사를 썼던 책 중에 《B컷: 북디자이너의 세번째 서랍》은 의뢰를 받자마자 소리를 질렀어. 정말 원했던 책이거든. 사라진 B컷들이 어디 갔나 싶었는데, 다 여기 모여 있더라고. 추천사 청탁 메일에는 이렇게 적혀 있었어.

> 제목처럼 B컷, 그러니까 시안이 통과되지는 못했지만, 본인들이 보기에 버리기 아깝다고 생각한 B컷들을 보여주고, 또 디자이너들의 디자인 생각을 들여다볼 수 있는 책이 되리라 생각합니다.

책은 무척 아름답기도 하고, 디자이너들의 작업에 대한 상세한 내용도 많아. 북 커버 러버에게는 보물 같은 책이야. 디자이너 박진범 씨의 인터뷰 중에 이런 내용이 있었어.

> 한스미디어에서 나온 《수차관의 살인》이라는 책을 작업할 때, 앞서 이야기한 방식대로 시안을 여러 개 구성했는데 보고 있노라니 점점 마음에 들지 않았다. 그냥 보내기는 아쉬워서 컴퓨터로 끄적거리다 수차 모양을 하나 만들어 세 개를 나란히 늘어놓다보니 어딘가 그럴듯해 보여서 그걸로 시안을 완성시켰다. 그리고 출판사에는 그렇게 만든 시안 하나만 보냈는데 그날 바로 결정됐다. 담당 편집자도 하나의 시안이 무얼 의미하는지 알고 있었던 것이다.
>
> _《B컷: 북디자이너의 세번째 서랍》_
> 김태형·김형균·박진범·송윤형·엄혜리·이경란·정은경 지음, 달

북 디자인처럼 글을 쓰는 과정도 비슷할 때가 많아. 좋은 글을 써야지, 멋진 문장을 만들어내야지, 이런 생각을 하면 글이 잘 써지질 않고, 그냥 생활에서 얻은 생각을 툭툭 다듬다 보면 의외로 마음에 드는 글을 건질 때가 많아. 운동 경기에서도 '어깨 힘을 빼라'는 말을 많이 하고, 이순신 장군도 그런 말을 했잖아. 반드시 죽으려고 하는 자는 살고 요행을 바라며 살고자 하는 자는

죽을 것이다. 이건 좀 다른 이야기인가? 아무튼.

작가들은 종종 그런 생각을 해. '아, 그때 그 표지를 선택했더라면 책이 조금 더 많이 팔렸을까?' B컷이 A컷이 된 우주를 떠올려보는 거야. 북 디자이너들이 만들어낸 수많은 디자인은 각각 자신만의 우주에서는 A컷이 될 거고, 한 권의 책으로 상상해볼 수 있는 여러 가지 버전의 평행 우주를 그려볼 수 있을 거야.

예전에는 작가들의 육필 원고를 중요하게 생각했어. 작가의 초고가 고스란히 담겨 있고 어떤 문장을 썼다 지웠는지 알 수 있으니까 말야. 나는 육필 원고를 볼 때마다 작가가 가려다가 가지 않은 길을 떠올려봐. 썼다가 지운 문장을 되살리고, 그 문장들이 가려고 했던 세계를 상상해. 예술이란 건 수많은 우주를 만들어낸 다음 그중 한 가지를 선택하는 거고, 선택받지 못한 우주는 지워지는 게 아니라 예술가의 머릿속에서 또는 다른 우주가 탄생하는 데 도움을 주는 공간에서 영원히 존재하는 게 아닐까?

그런 의미에서 나의 B컷도 소개할게.《B컷: 북디자이너의 세번째 서랍》의 책 소개 페이지에 가면 내가 쓴 추천사 A컷을 볼 수 있으니까 비교해서 봐도 좋아.

농담 삼아 책표지 평론가라는 얘기를 하고 다녔다. 평론을 할 만큼 안목에 자신 있다는 얘기가 아니라 표지 역시 평론이 필요할 만큼 책의 중요한 요소라는 얘기를 하고 싶어서였다. 표지는 작가와 독자가 처음으로 만나는 오작교이며, 출판사의 의지와 디자이너의 작품이 공존하는 장소이며, 최신의 디자인을 엿볼 수 있는 전시장이기도 하다. 책표지를 볼 때마다 디자이너들의 머릿속 서랍을 열어보고 싶었다. 이 책에는 한 권의 책을 아름답게 만들기 위한 디자이너들의 고민과 근심과 기쁨이 모두 녹아 있다. 오랫동안 이런 책을 기다렸다.

북 디자이너의 세번째 서랍

김태형 김형균 박진범 송윤형 엄혜리 이경민 정은경

B
CUT

달

띠지

내가 책의 띠지를 싫어하는 이유 얘기했던가? 안 했을 거야. 처음 얘기하는 건지도 몰라. 우선, 걸리적거려. 책을 펼치는데 혼자서만 벗겨지고, 책이랑 따로 놀아. 띠지에 손 베인 적 있어? 책한테 베였으면 억울하지라도 않지. 진짜 열받게 따끔거려. 무엇보다 책표지를 가리는 게 제일 마음에 안 들어. 북 커버 러버에게 띠지는 거추장스러운 장식일 뿐이야.

띠지를 좋아하는 사람도 많더라고. 고이 접어서 책갈피로 쓰는 사람도 있고, 모아두면 새로운 컬렉션이 된다는 사람도 있어. 잘 만든 띠지는 새로운 디자인의 영역을 개척한다는 의견도 있던데……, 결국 북 디자이너들 일이 많아지는 거잖아. 책표지 다 만들었는데 그 위에다 또 새로운 옷을 입히는 건 패션 테러리스트나 하는 짓 아닌가? 책표지와 띠지의 디자인을 절묘하게 어우러지게 만드는 건 쉬운 일이 아냐. 이러다가는 책표지 위에 띠지 입히고, 띠지 위에다 또 띠띠지 씌우고, 띠띠지 위에 띠띠띠지도 만들고, 결국 책은 마트료시카를 닮아가고……, 그만하자.

여기까지는 독자의 입장이고, 책을 내는 작가의 입장에서는 곤란한 점이 많아. 책을 열심히 알려보겠다는 출판사의 의지를 무시할 수가 없거든. 추가 비용을 들여가면서 띠지에다 홍보 문구를 넣겠다는데 어떻게 말려? 띠지에 내 사진이 들어간 적도 있어. 그건 좀 민망하긴 하더라. 자동차 앞 유리에 중고차 딜러 명함을 끼워 넣는 기분이랄까, '이번 주 할인 상품'을 적은 슈퍼마켓 전단지를 대문에다 붙여놓은 기분이랄까. 북 커버 러버들이라면 내 얼굴이 인쇄된 띠지를 바로 벗겨서 착착 접은 다음에 책갈피로 쓰든가 휴지통으로 보내겠지.

띠지로 뭘 하면 좋을까, 자주 생각해. 처음부터 유용한 띠지를 만들 방법은 없을까도 생각하고. 돋보기로 변신하는 띠지도 생각했는데, 이건 노안이 온 사람에게만 좋은 거겠지. 복권으로 변신하는 띠지는? 안 돼, 서점에서 띠지만 쓸어가는 사람이 생길 거야. 띠지가 손수건으로 변신해서 책을 읽다 울음을 터뜨리는 사람의 눈물을 닦을 수 있으면? 띠지에 작은 LED가 달려 있어서 현재 읽고 있는 페이지를 알려줄 수 있으면? LED에 내가 밑줄 친 문장을 보여줘도 좋겠다. 앞으로 띠지가 어떻게 변할지 모르겠다.

출간된 것 중에도 재미난 띠지가 많긴 했어.《주기율표를 읽는 시간》은 띠지 뒷면에다 주기율표를 깨알같이 인쇄했고,《오만과 편견, 그리고 좀비》의 띠지는 주인공의 얼굴을 가리면서 비밀을 숨겨주는 역할을 했지. 북 커버를 보여주는 또 다른 방법으로 띠지를 사용하는 건데, 장단점이 있는 것 같아. 마케팅의 측면에서는 호기심을 불러일으킬 수 있겠지. 책을 재미난 놀잇감으로 만날 수도 있겠고. 단점은 평면 예술로서의 책이 가진 장점을 희석시킨다는 점이야. 좋은 표지는, 평면인데도 불구하고 입체적으로 보이지. 우리는 종이라는 평면에 적힌 이야기를 읽으면서 3차원의 공간을 상상하고 우리만의 상상 세계를 건설하잖아.

표지에 적힌 글씨와 그림을 보면서 입체적인 형상을 그려나가는 거지. 가끔 표지에 있는 그림과 글씨가 따로 떨어져서 둥둥 떠다니는 것 같지 않아? 나만 그런가?

오에 겐자부로의《홍수는 내 영혼에 이르고》는 최근에 본 것 중에서 가장 아름다운 표지였어. 표지의 그림은 쓰카사 오사무의 작품인데, 마치 반 고흐의 그림을 보는 것 같아. 가느다란 선은 바람이 되기도 하고, 물결이 되기도 하고, 나뭇가지가 되기도 해. 쓰카사 오사무는 시오노 나나미의《콘스탄티노플의 뱃사공》에 그림을 그리기도 했는데,《홍수는 내 영혼에 이르고》와는 완전 다른 스타일이야. 오에 겐자부로의 글에는 우주의 비밀을 풀어헤치는 듯한 자유분방한 그림을 그렸고, 시오노 나나미의 글에는 이야기를 압축하는 듯한 절제된 그림을 그렸지. 쓰카사 오사무는 소설가이기도 해서 글의 의미를 이해하는 능력이 탁월한 것 같아. 오에 겐자부로의 음악가 아들 오에 히카리의 음반 재킷 그림도 그린 걸 보면 음악을 해석하는 능력도 뛰어난가 봐. 중학교 졸업하고 영화 간판 그리는 일을 시작했다고 하던데, 다양한 경력이 그림에 녹아든 것 같아.

《홍수는 내 영혼에 이르고》의 표지는 거슬리는 게 별로 없어. 서체도 단정해서 그림을 해치지 않고, 양장으로 만들어서 판판한 그림이 쭈그러들 일도 없어. 띠지도 마음에 들어. 띠지에는 중요한 정보가 하나 있는데 '1973년 초판본 디자인'이라고 적혀 있어. "자, 여기 초판본 디자인을 그대로 보여드리고, 저는 빠집니다." 사회자 역할을 하는 띠지랄까.

어떤 띠지는 홈쇼핑 호스트 같아. 수선스럽게 혼을 쏙 빼놓는데, 정신 차리고 보면 책을 구입한 다음이지.

어떤 띠지는 표지판 같아. 책을 어떻게 읽으면 좋을지 조언을 해줘. 어떤 띠지는 마스크를 쓴 사람 같기도 하고, 어떤 띠지는 중요한 부위를 가리기 위해 만든 모자이크처럼 보이고, 어떤 띠지는 나한테 좋은 걸 주고 싶어하는 말 많은 친척 같고. 맞아, 좀 귀찮지. 어떤 띠지는 신비한 안개 같기도 하고, 맑은 하늘을 가리는 구름 같을 때도 있고……, 생각해보니 나 띠지를 싫어하는 게 아니었네. 자신이 하고 싶은 말만 하는, 듣는 사람 배려하지 않고 떠들기만 하는 그런 띠지를 싫어했나 봐. 그래도 제발 책과 따로 노는 띠지는 없었으면 좋겠어. 착 달라붙어서 책과 한몸이 되는 그런 띠지를 원해. 손을 다치지 않아도 되고, 북 커버를 방해하지 않는.

그림

외국에 나가면 꼭 하는 두 가지 일이 있어. 음반 가게 들르기, 그리고 미술관 가기. 음반 가게 갈 일은 거의 없어졌지. 아니, 가고 싶어도 음반 가게 자체가 거의 사라져서 갈 수가 없지. 미술관 가는 것도 조금씩 지쳐가. 체력적인 문제야. 예전에는 한 작품이라도 더 보려고 애를 썼는데 시간이 지날수록 '이게 다 무슨 소용이람' 하는 마음으로 포기하게 됐지. 아카세가와 겐페이의 책 때문인지도 모르겠어. 미술관 체력이 점점 떨어질 때쯤 이런 글을 읽었거든.

> 빠른 걸음으로 그림을 둘러보자. 예를 들면 미술관이나 전시회 등을 맹렬한 속도로 둘러보는 것이다. 20~30분 만에. …… (중

략) …… 이렇게 빠른 걸음으로 보고나니 그동안 의리와 이론으로 보아 왔던 그림들이 옆으로 스쳐 지나갔다. 좋다, 맛있다, 라고 느껴지는 진짜 그림 앞에서는 순간 멈추었다. 이것은 나의 속마음을 확인하는 좋은 방법이었다. '속보감상'은 시간이 없기 때문에 눈도 팽팽하게 긴장하고, 감각도 춤을 춘다. 모든 그림을 동등한 입장에서 보기 때문에 좋은 작품을 빠르게 간파할 수 있다. 빈둥거리며 볼 때는 이런 긴장감이 생기지 않는다.

_《나의 명화 읽기》아카세가와 겐페이 지음, 장민주 옮김, 눌와

처음으로 속보감상을 했을 때는 그림에게 미안한 마음이 들었는데, 곧 마음이 편안해졌어. 어떤 느낌이냐면, 의무적으로 봐야 하는 재미없는 친구들로부터 해방된 느낌이랄까, 명절 때마다 교통체증에 시달리면서 고향에 내려가다가 처음으로 서울에 남아 극장에서 영화 감상을 하는 기분이랄까, 아무튼 속이 시원했어. 모든 그림에게 공평한 시간을 주기보다는 내 마음에 드는 그림에게 시간을 '몰빵'하는 거지. 시간은 늘 부족하니까 우리가 좋아하는 걸 더 좋아하는 데 시간을 쏟아붓자는 말이야. 프랑스 오랑주리 미술관 1층에는 모네의 작품 '수련'이 있는데, 나는 네 시간 동안 이 작품이랑 논 적도 있어. 그 시간에 다른 그림을 보러 가고 싶기도 했는데, 그림이 너무 마음에 들어서 자리를 뜰 수가 없었지. 속보감상이란 '선택과 집중 감상'이란 말이기도 해.

내가 좋아하는 그림을 벽에다 붙여 두는 것도 '선택과 집중 감상' 방식이야. 모네와 반 고흐의 원화를 걸어두면 좋겠지만, 그건 음…… 나중에 하기로 하고, 좋아하는 한국 작가의 그림이나 포스터북에서 잘라낸 그림이나 좋아하는 책의 페이지를 찢어서 벽에 붙여두면 기분이 좋아져. 그림들이 나를 둘러싸면서 마음이 포근해져. 실제 미술관에서 보는 것만큼은 아니어도 그림 작품이 내 생활 속으로 들어온 느낌이라서 오히려 좋은 구석도 있어. 책표지에다 유명 화가의 그림을 싣는 것도 다 그런 이유겠지.

한국의 책표지에 자주 사용되는 그림은 따로 있어. 한때 '구스타프 클림트'와 '에곤 쉴레'가 출판사들이 사랑하는 화가였다면, 요즘에는 '에드워드 호퍼'가 아닌가 싶어. 호퍼의 그림이 표지에 실리면 책 판매가 좋아진다는 소문도 있다던데, 많은 사람이 호퍼를 좋아하긴 하나 봐. 나도 좋아해. 호퍼의 그림을 보고 있으면 어쩐지 쓸쓸해지고, 호퍼가 내 마음속의 그림자를 위로해주는 것 같기도 하고, 내 앞에 펼쳐진 풍경을 유심히 바라보게 만들어. 책 좋아하는 사람이 그런 분위기를 좋아하잖아.

출판사들이 호퍼를 좋아하는 또 다른 이유는 책을 보는 사람들이 유난히 자주 등장하기 때문인지도 모르겠어. 민음사에서 나온《피츠제럴드 단편선 1》표지에 실린 작품 'C칸, 293호차'에는 책을 읽으면서 웃고 있는 여성이 등장해. 책의 형태를 보면 평범한 책은 아닌 것 같은데, 어쩌면 상품 카탈로그일지도 모르고, '아코디언 북'처럼 모든 페이지가 접힌 채 연결된 것인지도 모르겠어. 어쨌거나 책을 읽으면서 이렇게 환하게 웃기는 힘들어. 출판사들이 좋아할 그림이지.

《피츠제럴드 단편선 2》표지에 실린 작품은 호퍼의 '뉴욕의 방'이야. 여자는 무료한 듯 피아노를 만지작거리고, 남자는 신문을 보고 있어. 1931년에 그린 '호텔방'이라는 작품 속 여자는 기차 시간표를 보고 있어. 1952년작 '철로변 호텔' 속 여자 역시 책을 읽고 있어. 남자는 창밖을 내다보고 있고. 호퍼의 그림 속 사람들은 서로 눈을 맞추는 경우가 거의 없어. 뭔가 내려다보고 있거나 먼 곳을 바라보고 있어. 책을 읽을 때의 우리 마음도 비슷하지 않아? 몰두하는 순간, 우리는 세상으로부터 벗어날 수 있고 세상의 소음으로부터 도망칠 수 있어. 여러분, 책을 읽으세요, 세상의 소음으로부터 자유로울 수 있어요. 출판사들이 호퍼를 좋아할 수밖에 없어.

호퍼가 책 읽는 사람을 자주 그린 건 본인이 책을 좋아했기 때문일 거야. 가장 유명한 작품인 '나이트호크'는 헤밍웨이의 단편소설 《살인자들》에서 영감을 받아 그린 건데, 헤밍웨이 단편선

집에 호퍼의 '나이트호크'를 표지로 쓰면 완전 찰떡 아니겠어? 소설《살인자들》은 이렇게 시작하잖아. '헨리스 간이식당의 문이 열리고 두 남자가 들어왔다. 그들은 카운터에 앉았다.'

《호퍼 HOPPER A-Z》는 알파벳 키워드에 맞춰 호퍼를 다양한 각도에서 보는 책인데, 인쇄가 좋아서 그림 보는 맛이 있어. 어릴 때 낙서처럼 그렸던 사람 눈의 해부학적 단면도, 스스로 끔찍한 작품이라고 평가하는 전쟁 포스터, 호퍼의 대표작인 '웨스턴 모텔, 정오, 주유소' 등 다양한 작품이 해설과 함께 들어 있어. 그 중에서 Z 항목을 좋아해. 영점(zero point)에 대한 이야기야.

그는 '말로 할 수 있다면 그림을 그릴 이유가 없을 것'이라며, 회화는 일종의 언어적 영점에서, 아무 할 말이 없을 때 시작된다는 유명한 말을 한 적이 있어.

어떤 사람은 마음속에 떠오른 추상적인 형상을 어떻게든 설명하기 위해서 길고 긴 글을 쓰고, 어떤 사람은 말로 할 수 없다는 걸 알고 그림을 그리기 시작하지. 북 커버는 그런 두 사람이 만나는 장소야. 그러니 북 커버를 어떻게 사랑하지 않을 수 있겠어.

눌와

한길사

세계문학전집 123

피츠제럴드 단편선 1

F. Scott Fitzgerald

F. 스콧 피츠제럴드 김욱동 옮김

민음사

세계문학전집 199

피츠제럴드 단편선 2

F. Scott Fitzgerald

F. 스콧 피츠제럴드 한은경 옮김

민음사

민음사

fiction

허무주의자를 위한
크리스마스 특제 레시피

처음에는 나도 이 이야기를 믿지 않았다. 꾸며내는 걸 좋아하는 누
군가 재미 삼아 지어낸 것이라 생각했다. "에이, 그런 사람이 어딨어"
하면서도 계속 다음 이야기를 기다리고 있었다. 몸이 자꾸 이야기 쪽
으로 기우는 게 느껴졌다. 내게 이 이야기를 해준 사람은 작은 바(Bar)
를 운영하는 D라는 친구였는데, 이곳저곳에서 들은 이야기를 여기저
기로 옮기는 걸 좋아했다. 일종의 이야기 유통업자랄까, 인터넷을 와
이파이 신호로 옮겨주는 공유기 같은 역할을 하는 친구였다. 비밀번호
를 입력하지 않아도 되는 개방형 공유기이기 때문에 D에게 사적인 얘
기는 거의 하지 않는다.

D의 바는 의자가 열한 개뿐인 작은 가게였다. 편안하게 술을 마실

수 있고, 내가 좋아하는 음악을 언제든 부탁할 수 있어 일주일에 한두 번은 들르곤 했다. 바 의자에 앉으면 D는 내가 전에 남겨둔 위스키를 얼음잔에 따라준다. 그리고 와이파이의 문이 열리면서 이야기 시작.

"탄산수의 종류에 따라 어는 지점이 달라진다는 얘기 들어봤어?" 들어봤을 리 없다. "식물들이 마약 성분으로 개미들을 유혹한 다음 자기들 방패막으로 사용하고 강제 노역도 시킨다는 얘기 알아?" 이건 좀 흥미로운데? "제2차 세계대전 때 히틀러가 스탈린그라드를 침공한 게 스탈린이라는 이름이 들어가기 때문이었다는 거 알아?" 이건 들어본 것 같기도 하고.

D는 음모론을 좋아했고, 전쟁 이야기를 좋아했고. 식물과 동물 이야기를 좋아했다. 아마도 가게가 끝나면 집으로 돌아가 다큐멘터리 채널을 보다 잠이 들지 않을까? 그런 상상을 하면 잠든 D의 모습이 떠오르기보다 와이파이의 신호가 약해지는 장면이 눈앞에 그려진다.

이 이야기를 들었던 때는 크리스마스 즈음이었고, 연말답지 않게 가게에는 손님이 두 명뿐이었다. 남녀 커플이 와인을 마시고 있었는데 분위기는 좋지 않았다. 바깥의 날씨보다 더욱 냉랭한 온도가 느껴졌다. 대화가 거의 없었고, 여자는 탁자 아래를 내려다보고 있었다. 가게에서 흘러나오는 뱅글스(The Bangles)의 '미칠 것 같은 월요일(Manic

Monday)' 덕분에 가게에 들어서는 순간부터 기분이 좋았지만 티를 낼 수 없었다.

"위스키 다 먹었는데, 같은 걸로 열어줘?"

D가 말했다. 내게 말하면서도 시선은 커플을 향했다. 그 역시 눈치를 보는 중이었다.

"응, 같은 걸로. 오늘 선곡 좋네."

내가 외투를 옆 의자에 걸치며 말했다.

"일요일이니까."

D는 재빠르게 위스키병을 기울여 잔을 채웠다.

"지금 튼 건 월요일에 대한 노래잖아."

내가 말했다.

"가사 중에 그런 게 있어. 아, 오늘이 일요일이면 얼마나 좋을까, 제일 신나는 날이고, 바쁘게 움직일 필요도 없는데."

"아, 내일 후회하지 말고 오늘 신나게 즐겨라?"

"그렇지. 먹고 마시고 즐기는 건 우리의 의무고, 오늘을 사는 것은 우리의 권리다."

"그건 누구 말이야?"

"누구긴, 내가 한 말이지."

D는 내게 몸을 기울이면서 작은 목소리로 덧붙였다. "저기 두 사람

한테 해주고 싶은 말이네." 나는 긍정의 의미로 말없이 웃어 보였다.

"오늘 눈 올 것 같은 날씨던데, 손님이 왜 이렇게 없어?"

"진인사대천설. 내 힘으로 되는 게 아냐. 이따가 눈이 오면 손님들도 덩달아 올지 모르지. 눈이 올 것 같은 날씨로는 안 돼. 진짜로 눈이 와야지. 배는 안 고파?"

"배는 고프지만 어처구니없는 솜씨로 만든 음식은 피해야지."

"메뉴 새로 개발했어."

"기대도 안돼."

"명란 감자 파스타."

"그 고귀한 이름이 네 입에서 흘러나오다니……, 충격적이다."

"요즘 연습 많이 하고 있어. 한번만 먹어보고 평가해주면 어떨까? 내가 재료비만 받을게. 공짜로 준다는 소리는 못 하겠고."

"레시피를 얘기해봐. 먹을 수 있나 보자."

"이탈리아산 유기농 엑스트라 버진 올리브 오일에다 상태 좋은 마늘과 최고급 양파를 볶아. 그 다음에……."

"재료의 퀄리티는 내가 판단할 테니까 레시피만 심플하게."

"코끝으로 마늘향이 훅 끼치면 잘게 자른 감자를 넣어서 볶아. 감자가 노릇노릇해지면 잠시 불을 꺼. 그리고 싱크대에 기대서 쉬어."

"왜 쉬어?"

"그 정도 하면 힘들더라고."

"그래놓고 무슨 요리를 하겠다고."

"혼신의 힘을 다해서 그런 거지. 프라이팬의 열기가 조금 가라앉으면 명란을 넣고 휘저어. 명란은 작은 열기로도 충분히 익힐 수 있단 말이지. 그다음에 미리 삶아둔 파스타면을 넣는데, 탈리아텔레 정도가 딱 좋아. 마지막에 잘게 썬 대파와 바질을 넣어서 마무리."

"너무 상세해서 불안한데? 갑자기 메뉴 개발은 왜? 음식 시키는 사람은 거의 없지 않나?"

"개발이란, 누군가를 위한 게 아냐. 나를 위한 거지. 메뉴를 개발하다 보면 늘 깨어 있는 의식을 유지하게 된단 말이야. 여기 자주 오는 소설가가 그러더라고. 사소한 아이디어를 이야기로 만들어서 계속 굴리다 보면 행복한 기분이 든다고. 메뉴 개발 역시 비슷해. 장사를 하다가도 지금 개발하고 있는 메뉴 생각을 하면 기분이 좋아져. 나만의 비밀을 품고 있는 거지."

"이렇게 이야기가 길 줄 알았으면 그냥 먹어볼 걸 그랬네."

"새로운 메뉴를 개발하다가 미쳐버린 사람 이야기 모르지? 내가 가입한 커뮤니티에는 전설 같은 이야기인데, 실제로 만나본 사람도 있대."

나는 배가 고팠지만 D의 파스타를 먹는 것보다는 이야기를 듣는 편이 낫다고 생각했고, 기본으로 제공되는 견과류 안주를 계속 집어 먹으면서 귀를 기울였다.

프랜차이즈 식당에서 일하던 W는 신메뉴 개발팀이었다. 한 달에 열개 정도의 메뉴를 새로 개발했고, 그중에 한두 개만 정식으로 출시됐다. 하나도 채택되지 못하는 달도 많았다. 시간이 흐르고 경력이 쌓였다. W는 대략 열두 개의 메뉴를 히트시켰고, 삼백 개의 레시피를 버렸다. 어느 날 W는 버려지는 레시피를 보면서 이상한 감정을 느끼게 됐다. 레시피란 세상에 물질로 존재하는 것이 아니고 일종의 개념일 뿐인데, 생각일 뿐인데, 그게 버려지는 순간 가슴 한구석이 뚫리는 것 같은 기분이 들었다. 채택되지 못한 레시피를 모아서 파일로 만들었지만 소용없었다.

"재현되지 못하는 레시피란 그저 가상의 음식물 쓰레기에 불과할 뿐이지."

D가 무게를 잡으면서 누군가의 흉내를 냈다.

"가상의 음식물 쓰레기일 수도 있겠네."

"썩지는 않잖아. 냄새가 나지도 않고."

"그게 더 문제 아닐까? 썩지 않으니까, 더 괴롭겠지."

"야, 네가 진짜 그 사람을 제대로 이해하고 있네. 맞아, 그 사람이 미친 것도 그런 이유 때문일지 몰라."

W는 버려지는 레시피를 참을 수 없어서 회사를 그만두었다. 동료들은 퇴사 이유를 알지 못했다. W는 요리사들이 활동하는 인터넷 커뮤니티에 연재를 시작했다. 자신이 만들었던 레시피를 올리는 것으로 시작했지만, 내용은 점점 기괴해져서 도저히 먹을 수 없는 음식들의 레

시피만 만들어냈다. 피카소의 그림을 따라 그린 다음 그걸 가루로 만들어 양념으로 사용하라는 둥, 블루투스 스피커 앞에다 비닐봉지를 설치한 다음 흘러나오는 음악을 채집하여 그걸 훈제하라는 둥, 완성한 음식에다 피뢰침을 세워서 옥상에 설치하고 번개를 맞을 때까지 기다리라는 내용까지, 기괴한 레시피가 넘쳐났다.

"연재가 더 이상 올라오지 않아서 걱정하는 사람이 많았어. 그런데 어느 날 거리에서 그 사람이 이상한 모습으로 발견된 거지."
D가 빈 잔에 위스키를 부어주면서 말했다.
"어떤 모습이었는데?"
"팬티만 입고, 공원에서 미친 사람처럼 웃으면서 눈사람을 만들고 있었대."
"눈사람?"

D가 뭔가 대답을 하려는 순간, 커플이 계산을 하기 위해 카운터 쪽으로 다가왔다. 두 사람은 각자 카드를 꺼냈다. 두 장의 카드 중 하나가 계속 오류를 일으켰고, D는 가식적으로 웃으면서 '이 녀석이 날만 추워지면 얼어버린다니까요' 같은 웃기지도 않은 농담을 했다.

"그냥 제 카드로 다 계산해주세요."
여자가 말했다.

"아니에요. 그거 좀 전에도 됐어요. 다시 한번 긁어봐주세요."

남자가 물러서지 않고 말했다. 나는 말 상대를 갑자기 잃어버리는 바람에 할 일이 없어졌다. 휴대전화기를 꺼내 D가 말했던 커뮤니티에 들어가 게시물들을 살펴보았다. W의 글은 쉽게 찾을 수 있었다. 그중에 가장 재미있어 보이는 레시피를 골랐다.

허무주의자를 위한 크리스마스 특제 레시피

준비물: 삶은 감자 두 알, 삶은 당근 하나, 명란 조금, 구운 김, 따끈따끈한 밥, 그리고 약간의 행운

조리 과정: 크리스마스여야 하고, 눈이 내려야 합니다. 눈이 내리지 않으면 1년을 더 기다립니다. 눈이 내렸다면, 밖으로 나가 눈을 뭉칩니다. 커다란 것은 몸통으로 쓰고, 작은 것은 얼굴로 씁니다. 눈사람을 만듭니다. 아직은 사람이 아닙니다. 눈 코 입이 없으니까요. 삶은 감자를 눈으로 박아 넣습니다. 당근은 코가 있어야 할 자리에 넣습니다. 구운 김을 뜯어서 눈썹을 만듭니다. 명란은 당연히 입술이죠. 밥은 몸통과 얼굴 사이에다 끼워 넣습니다. 그리고 따뜻한 방으로 돌아옵니다. 며칠 후엔 눈이 녹겠죠? 눈이 녹고, 얼굴이 허물어지고, 몸이 사라지면, 감자와 당근과 명란과 밥만 남습니다. 맛있게 먹습니다.

커플이 결제를 마치고 밖으로 나가는 소리가 들렸다. 고개를 들었더니 밖에 눈이 내리고 있었다.

fiction

두부의 희열

두부를 먹다 보면 대화를 하게 된다. 나도 모르게 두부에게 말을 걸고 있다. 하얗고 몽실몽실한 게 말풍선 같아서 그런가. 말을 걸어도 두부는 간결하고 담백하게 대답한다.

"아, 오늘 진짜 너무 힘든 날이었어"라고 한숨을 쉬어도 "응, 그렇구나" 덤덤하게 대꾸한다. 두부답다. 두부가 내 말에 동조하며 화를 내는 것도 이상하긴 하다. 그러는 건 두부 같지 않다. 두부는 대체로 간결하고 단단하고 엣지있으며, 이야기를 잘 들어주고, 과묵하게 유머러스하다.

한번은 두부에게 이렇게 물었다. "너는 어쩌면 그렇게 부드럽게 단단할 수가 있어?" 두부가 대답했다. "비지를 좀 빼봤지." 내가 다시 물었다. "나도 내 삶에서 비지(busy)를 빼면 그렇게 될 수 있을까?" "한가함을 즐기다 보면 누구나 부드러우면서도 단단해질 수 있어."

두부와 대화하는 건 언제나 즐겁다. 강렬한 자극은 없지만 마음이 폭신폭신하고 여유 있게 변한다.

언젠가 두부를 호스트로 해서 토크쇼 하나를 만들어보고 싶다. 제목은 '두부의 희열'이 좋을 것 같고, 콩이나 두유 같은 친인척을 비롯하여 당근, 아스파라거스, 호박 같은 친구들을 초대해보고 싶다. 두부는 '그런 건 부담스럽다'고 거절하며 콩사래(인간의 언어로는 '손사래')를 치겠지만 막상 시작하면 잘할 것이다. 이야기 듣는 걸 누구보다도 좋아하니까.

한번은 두부와 친구들의 대화를 엿들은 적이 있다. 찌개를 끓이기 위해 모든 재료를 손질한 다음 둥근 접시에 가지런히 올려두었는데, 이야기가 시작됐다. 접시 가운데가 비어 있고, 가장자리에 재료들이 둥글게 늘어선 모습은 마치 원탁 회의를 보는 것 같았다. 대등하고 공평해 보였다. 가장 먼저 대화를 시작한 것이 두부였다. 나는 한 발짝 뒤로 물러섰다.

"감자 너는 찌개에 일찍 들어가잖아. 우리 기다리면서 무슨 생각해?"

"부지런히 익어야겠다는 생각?"

"그럼 그럼, 익어야 감자지."

호박이 끼어들었다.

"너무 익으면 곤란하지만 덜 익은 감자처럼 부담스러운 게 없다니까. 두부 너랑 나처럼 날것으로도 매력적인 경우는 드물어."

감자의 친구이지만 라이벌인 당근이 한마디했다. 감자가 한숨을 내쉰 다음 말했다.

"맞아, 적당해지기가 힘들어. 난 두부 네가 너무 부러워."

"감자 네가 얼마나 단단하고 멋진데 그래. 깎이지 않은 울퉁불퉁한 표면을 보면 외계의 행성 같기도 하고, 껍질이 벗겨질 때의 모습은 진짜 충격적으로 아름다워. 무엇보다 넌 누구와도 잘 어울리잖아."

"잘 어울리는 건 너, 두부를 못 따라가지."

당근이 두부의 말을 자르면서 이야기했고, '누구와도 잘 어울리는 건 역시 두부', '언제나 적당한 건 역시 두부', 주변 친구들도 모두 인정했다. 나도 인정했다. 생두부로도 인상적이고, 순하디순한 순두부로도, 단단하게 변모한 부침두부로도, 심지어는 얼었다 녹았을 때도 매력적이니까.

"난 예전에는, 늘 강렬한 색채가 부족하다고 생각했어. 색도 맛도 희

끄무레하니까 말야. 그런데 그게 내 매력이라고 생각하게 됐어. 우린
강렬하지는 않지만 문득 내일 다시 만나고 싶고, 오랫동안 생각나는
쪽이잖아."

감자와 당근은 찌개로 들어가느라 두부의 이야기를 끝까지 듣지 못
했다. 남아 있던 호박이 대꾸했다.

"그렇지. 우리 친구들이 대부분 그래. 네 유머도 그렇잖아. 들을 땐
별로여도 내일 생각하면 웃기잖아."

"고마워. 먼저 가, 내일 또 만나."

두부는 냄비로 들어가는 호박을 보며 말했다. 나는 마지막으로 찌개
에 두부를 넣으면서 내일 다시 만날 친구들을 생각했다. 다음에는 나
도 대화에 넣어달라고 얘기해봐야겠다.

fiction

베스트 레스토랑의 비밀

과거의 나는 현재의 나와 얼마나 닮아 있을까, 전혀 다른 사람인 것
은 아닐까. 나는 과거를 회상할 때마다 도무지 자신이 없다. 나는 얼마
나 정확히 과거의 일을 기억할 수 있을까. 미래는 알 수 없는 판타지의
공간, 과거 역시 그렇다. 나는 가보지 못한 수많은 과거의 시간과 공간
을 제멋대로 여행하곤 한다.

한일 월드컵이 한국을 뒤흔들던 2002년 즈음, 나는 '베스트 레스토
랑'이라는 잡지사에서 기자로 일했다. 최고의 레스토랑을 소개하는 잡
지였지만 나는 최고의 기자가 아니었으므로 아이러니가 발생했다. 최
고를 찾아낼 능력이 없는 사람이 소개하는 최고의 레스토랑은 최고가
아닐 게 분명했다. 음식도 잘 몰랐고, 디저트도, 요리업계도, 해외 음식

트렌드도, 와인도 잘 몰랐지만 열심히 공부했다. 많이 물어보고 많이 읽고 많이 먹고 많이 마시며 외식 전문 잡지의 뛰어난 기자가 되기 위해 노력했다.

잡지 기자로 일하는 몇 년 동안 참 많은 사람을 만났다. 요리사, 홀 매니저, 와인 수입상 대표, 음식 칼럼니스트, 식당 인테리어 전문가 등 다양한 직종의 사람들을 만나 밥을 먹고 술을 마셨다. 지금 내가 아는 음식 상식들은 대부분 그때 주워들었던 내용이다. 2002년에는 외식 산업이 그야말로 폭발하던 시기였고, 망하는 가게도 많고 새로 여는 가게도 많았다. 취재할 거리가 많아서 기쁘기도 했지만 밤마다 기름진 음식과 술을 마시니 몸이 점점 피폐해지는 걸 느낄 수 있었다. 일과 술로 찌든 날을 보내다가 내 인생에서 가장 이상한 일을 겪게 됐다.

그날 나는 개업한 지 1년쯤 된 이탈리언 레스토랑을 취재하고 있었다. 취재는 보통 오후 3시에 이뤄지는 경우가 많았다. 가게가 잠깐 문을 닫는 이른바 '브레이크 타임' 동안 가게에서 음식을 준비해주면 사진을 찍고, 맛을 보고, 요리사나 대표를 인터뷰하는 식이었다. 그날도 특별할 게 없는 내용이었다. 이탈리아 어디에서 유학을 했고, 한국에 돌아와 1년 동안 준비해 가게를 차렸으며 이제야 자리를 잡은 것 같다는 얘기였다. 나는 취재를 마치고 사진 기자를 먼저 보낸 다음 오너 셰프와 잡담을 나누었다. 이탈리아 베니스의 골목에 대한 얘기였던 것 같다. 나는 4시 30분쯤 가게를 나왔다. 5시부터 장사를 시작해야 하는 가게를 위해 그쯤에서 빠져줘야 했다. 가방을 챙기고 가게를 나와 건물을 한 바퀴 둘러봤다. 잡지 기자로서의 일종의 루틴이었는데, 식당 뒤편을 보면 진짜 모습을 알 수 있다는 생각에서였다. 작은 문이 하나 있었는데, 주방으로 식자재를 옮기거나 요리사들이 휴식을 취하러 잠깐씩 나오는 용도인 것 같았다. 식당 뒤편은 깨끗했다.

"저기요."

확인하고 가려는데 뒤에서 무슨 소리가 들렸다. 나는 뒤돌아보았지만, 아무것도 발견하지 못했다. 환청까지 들릴 정도로 피곤하구나, 마감을 끝내고 푹 쉬어야겠다, 그런 생각을 하면서 가려는데 다시 소리가 들렸다.

"저기요, 여기 아래요."

작은 목소리가 낮은 곳에서 들려왔다. 나는 식당 뒷문 옆에 쌓아둔 음료수 박스에서 무언가를 발견했다. 음료수병 사이에 감자 깎는 칼이 하나 끼어 있었다. 감자칼이 나를 불렀다고는 상상하지 못했다.

"누구세요?"

나는 감자칼이 있는 쪽을 향해 작게 말했다. 누가 보면 음료수병과 대화하는 미친놈이라 생각하겠지만, 아니다, 나는 감자칼에게 말을 걸고 있는 미친놈이었다.

"여기 아래쪽을 보세요. 저 감자칼이에요."
감자칼이 병 틈에 낀 채 말했다.
"거기서 뭐하는 거예요?"
"기자님하고 이야기를 하고 싶어서 따라 나왔어요."
"저하고? 왜요?"
"잠깐 시간 있어요?"

나는 감자칼이 이끄는 대로 따라갔다. 식당 창문에서 보이지 않는 사각지대가 있었다. 요리사들이 담배 피는 곳인지 낡은 의자 두 개가 놓여 있었고, 꽁초 몇 개가 바닥에 널브러져 있었다. 나는 감자칼과 눈을 맞추기 위해 바닥에 쭈그리고 앉았다. 쭈그리고 앉아도 눈을 맞추기는 힘들어서 감자칼을 의자 위에 올려주었다.

"레스토랑 전문 기자예요?"

감자칼이 물었다. 나는 그렇다고 대답했다. 감자칼은 가로로 길게 뻗은 두 개의 날을 통해 목소리를 내고 있었다. 아마도 그 사이로 바람을 통과시키면서 말을 하는 것 같았다. 난생처음 보는 풍경이었다.

 "칼에 대해서 잘 알아요?"

 "칼이라면?"

 "중식, 양식, 일식 모두 칼이 다르잖아요. 칼에 대해 공부해본 적 있어요?"

 "아뇨. 이쪽에서 일한 지 오래 되지는 않았어요."

 "그래도 음식의 기본은 칼인데, 칼에 대해서 전혀 몰라요?"

 "칼에 대해 깊이 생각해보지는 않았네요."

 "칼이 뭐라고 생각해요?"

 "뭐라고 생각하다니?"

 "칼의 본질이 뭐라고 생각해요?"

 "본질이라……. 날카로움? 아니면 얼마나 잘 자르는가? 그런 거 아닐까요?"

 감자칼이 한숨을 내쉬었다. 감자칼에게 무시당하는 기분은 난생처음 맛보는 굴욕이었다. 길쭉한 날 사이로 한숨이 새어 나오는데, 그 소리는 좁은 협곡 사이로 빠르게 통과하는 태풍의 높은 음처럼 들렸다.

 "아까 저한테 감자칼이라고 했죠?"

 "그랬죠."

"왜 그랬어요?"

"감자칼이니까 감자칼이라고 했죠."

"칼의 본질이 날카로움이라면서요. 내가 날카로워요?"

"어떤 부분은 날카롭겠죠. 날이 바짝 서 있네요."

"날카로움이 숨겨져 있잖아요. 이걸로는 누굴 찌를 수도 없고, 벨 수도 없어요. 그냥 껍질을 긁어낼 뿐이에요. 이것도 칼이라고 할 수 있어요?"

"칼이죠."

"어째서 칼이에요?"

나는 말문이 막혔다. 감자칼은 말문이 막힐 때 어떻게 할까. 벌어진 날을 닫을 수 있을까? 그럼 껍질을 긁어내지 못하겠지.

나는 생각나는 대로 말했다.

"칼의 본질은, 뭔가 조각내는 거라고 생각해요. 잘라내고, 토막 내고, 찔러서 해체하는…… 그러니까 감자칼 당신도 칼이에요. 껍질을 긁어내서 재료를 조각내는 거잖아요."

"그렇게 생각해요?"

"네. 그렇게 생각해요."

"주방의 친구들은 내가 칼이 아니래요."

"그 친구들이 잘못 생각하는 거예요."

"그럼 감자칼도 칼이라는 이야기를 잡지에 실어줘요."

"잡지에?"

"네, 좋잖아요. 세계 최초 감자칼 인터뷰. 감자칼이라고 부르기가 뭐하면 다른 이름으로 써도 돼요. 채칼, 야채칼, 필러……."

"나는 감자칼이란 이름이 좋아요."

"왜요?"

"울퉁불퉁한 감자의 표면을 긁어내리면 당신이 꼭 필요하니까요."

"기분 좋은 얘기네요. 만나서 반가웠어요. 누군가와 이야기를 하고 싶었어요."

"정말 당신 이야기를 실어도 돼요?"

"그럼요."

감자칼은 다시 주방으로 들어갔고, 나는 멍하니 앉아서 담배를 한 대 피웠다. 감자칼과의 인터뷰라니……, 편집장이 그런 원고를 통과시켜줄 리가 없었다. 나는 그 자리에서 노트를 꺼내 초고를 완성했다. 다쓰고 보니 마르케스나 보르헤스의 소설 같기도 하고, 하루키의 에세이 같기도 했다. 《베스트 레스토랑》 잡지보다는 문학 잡지에 더욱 어울리는 글이라는 생각이 들었다.

그날 이후로 취재를 갈 때마다 주방을 기웃거리는 버릇이 생겼다.

영화 <토이 스토리>에서 인간이 사라지면 장난감들끼리 대화를 주고받듯 식당에서도 그런 일이 벌어지고 있다는 생각을 하니 모든 도구들이 신비롭게 느껴졌다. 더 이상 기자로 일하지 않지만 나는 식당에 갈 때마다 주방을 기웃거린다. 거기에 엄청난 이야기가 숨어 있다는 걸 알기 때문이다.

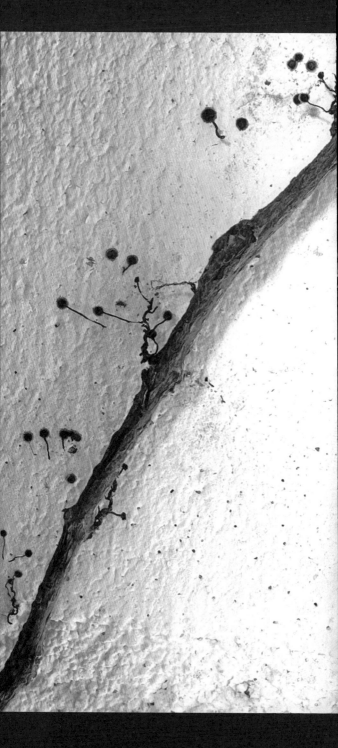

Book cover lover

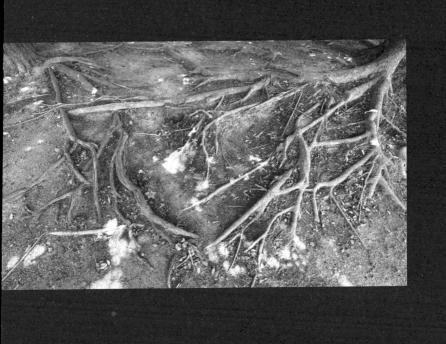

책표지의
얼굴

새 소설을 준비할 때면 등장인물들의 얼굴부터 그려본다. 나도 잘 모르는 사람들이다. 어떻게 생겼을까? 모르는 사람의 이야기를 써나가는 것만큼이나 모르는 사람의 얼굴을 그리는 건 힘든 일이다. 정성껏 그리고 나면 어떤 사람인지 조금 알 것 같다. 소설을 써나가는 동안 그림은 계속 수정된다. 이야기에 따라 표정이 변한다. 대사에 따라 생김새가 변하기도 한다. 소설이 완성될 때쯤이면 더 이상 등장인물의 얼굴은 필요 없다. 소설의 문장에 주인공의 얼굴과 표정과 감정과 주름이 스며 있기 때문이다.

그림을 그리는 대신 실제 배우들의 사진을 이용한 적도 있다. 인물 관계도에 배우들의 사진을 붙여둔다. 가상 캐스팅을 통해 캐릭터에 딱 맞는 배우를 선택하면 이야기가 손에 잡힐 듯 선명해진다. 내가 잘 아는 배우들의 모습이 소설 속으로 고스란히 들어온다. 단점도 있다. 너무 선명해서 상상력이 치고 들어가야 할 영역이 줄어들 수밖에 없다. 완성된 책을 읽는 사람은 배우의 얼굴을 떠올리지 못하겠지만 소설을 쓰고 있는 내 눈앞에 배우들이 자꾸 어른거린다. 아, 진짜, 중간에 캐스팅을 바꿀 수도 없고, 내가 소설을 쓰는 동안 사회에 물의를 일으키는 행동을 한 배우에게 소송을 걸 수도 없고……, 이래저래 고충이 많은 방법이다.

북 커버를 대할 때의 내 마음도 비슷하다. 주인공의 얼굴이 커다랗게 그려진 표지나 배우의 사진이 적나라하게 인쇄된 표지(대체로 영화의 원작 소설인 경우가 많다)를 보면 책을 집어들기가 망설여진다. 소설을 읽는 내내 표지의 얼굴 표정이 떠오를 것이 분명하다. 더 고약한 것은 얼굴의 특정 부분을 클로즈업한 사진이다. 주인공을 떠올리면 입술만 생각난다거나 목덜미나 속눈썹만 기억하게 되는 경우도 있다. 그럼 뒷모습이 낫나 하면 그것도 아니다.

출판사에는 오랫동안 전해져 내려오는 소문이 하나 있다. 북 커버에 사람의 뒷모습이 등장하면 독자들도 돌아서 가버린다는 말이다. 비슷한 얘기가 하나 더 있는데, 표지에 사람 얼굴을 실을 거면 정면을 응시하게 하라는 것이다. 표지의 주인공이여, 하늘을 지그시 올려다보거나 눈을 아래로 내리깔지 말고, 정면을 응시하라. 정면을 응시하는 방법도 다양하다. 에밀리 M. 댄포스의《사라지지 않는 여름》•p.178의 표지 그림은 정면을 바라보고 있지만 어쩐지 꿈을 꾸고 있는 것 같고, 앤디 위어의《마션(2015)》의 정면 얼굴은 단순한 선만으로 이뤄져 주인공의 당혹스러움이 느껴지고, 오쿠다 히데오의《남쪽으로 튀어!》는 무서운 눈이 나를 뚫어지게 보고 있어서 시선을 피하게 된다. 어떤 모습이든 서점 매대에 깔린 책을 구경하는 독자의 눈과 마주치게 하여 구매 의욕을 고취하라는 얘기일 것이다.

이런 소문들은 대체로 '이러쿵저러쿵 그럴 수도 아닐 수도 그럼 좋고 아님 말고 헛소문 클럽'의 회원들이 심심할 때 만들어내는 것이니까 재미삼아 얘기할 수는 있어도 믿을 필요는 없다. 조남주 작가의《82년생 김지영》은 뒷모습에 그림자까지 그려져 있는데 100만 부 넘게 팔렸다. 최은영 작가의《쇼코의 미소》는 얼굴을 감춘 옆모습만으로 수많은 독자의 선택을 받았다.•p.179 물론 표지의 인물이 정면을 응시하고 있어서 눈길을 피하기 힘든 손원평 작가의《아몬드》도 100만 부 넘게 팔렸다.

《아몬드》의 북 커버를 보면서 '이런 식이라면 사람의 얼굴 그림을 넣는 것도 나쁘지 않겠다'는 생각을 했다. 소설을 다 읽고 나면 이야기와 표지 그림이 몹시 찰떡이어서 떼어놓기가 힘들다. 정면을 보는 것 같기도 하고, 어느 곳도 보지 않는 것 같기도 한 그림은, 묘하게 사람을 끌어당긴다. 대체로 사람의 눈동자를 그릴 때면 빛이 반사된 하얀 점을 그리게 마련인데, 《아몬드》에는 빛 반사가 없다. 소설 속 주인공은 '감정 표현 불능증'을 앓고 있는데 모든 빛이 소멸되고 마는 어둠 속에 살고 있다는 의미일 것이다.

2023년 《아몬드》는 새로운 출판사에서 새로운 표지로 재출간됐다.•p.177 붉은 피부에 머리카락이 삐쭉빼쭉 튀어나와 있는 사람의 뒷모습 그림이 표지에 담겼다. 청소년판 《아몬드》의 표지는 옆모습의 실루엣 그림이다. 나중에는 증강 현실(augmented reality)로 주인공 윤재의 모습이 그려지는 것은 아닐까 기대하게 된다. 만약 세 개의 버전이 동시에 나왔다면 어땠을까? 앞모습, 옆모습, 뒷모습 버전 중에 나는 어떤 책을 집어들었을까? 답은 3번. 나는 뒷모습이 좋다.

기술이 좀 더 발전하면 이런 방식의 책표지도 가능하지 않을까? 뒷모습이었던 책표지의 인물은, 독자가 책을 읽어나가는 동안 서서히 구체적인 인물로 변해간다. 책표지의 인물이 고개를 조금씩 돌리면서 앞모습을 보여준다. 독자가 책을 통해 얻게 된 정보가 그림으로 구현되는 것이다. 뒷모습이었던 책표지는 자신만의 주인공 그림으로 변하고, 세상 그 어디에도 없는 나만의 책이 된다. 이름하여 '내 표지는 내가 직접 만들어요, 끝까지 책을 다 읽어야 표지의 그림을 확인할 수 있어요' 에디션이다. 그 정도의 기술력이 힘든 것이라면 그냥 책표지를 비워둔 상태로 출간하여 독자가 책을 다 읽은 다음 직접 그림을 그려보는 것도 좋겠고.

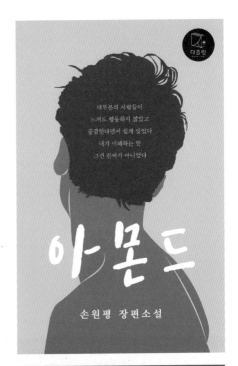

대부분의 사람들이
느껴도 행동하지 않았고
공감한다면서 쉽게 잊었다
내가 이해하는 한
그건 진짜가 아니었다

아몬드

손원평 장편소설

아
몬
드

ㅡ손원평 장편소설ㅡ

다즐링

다산책방

민음사

오늘의 젊은 작가 **13**

82년생 김지영

조남주
장편소설

민음사

민음사

쇼코의 미소

최은영
소설

문학동네

전집의 표지는

**교복 같은
것일까**

한 번도 교복을 입지 못했다. 절묘하게 피해 갔다. '교복 안 입어서 얼마나 다행이냐'고 위로하는 사람도 있지만 솔직히 교복 입은 사람이 부러웠다. 내일 뭐 입을지 고민 안 해도 되고, 어딘가에 소속돼 있다는 안정감도 받을 수 있고. 군복 입어보고 나서는 교복 안 입길 다행이다 싶었지만 어린 마음에는 별게 다 부러운 법이다. 좋아하는 소설가 줌파 라히리는 《책이 입은 옷》•p.185에서 실망스러운 표지를 받아들고 이렇게 말했다.

"표지도 유니폼이 좋은 해결 방법이 아닐까 생각한다."

새 옷을 살 돈이 없기 때문에 마음에 들지 않는 옷이라도 입고

학교에 가야 했던 내 마음과 비슷한 것 같다. '아, 진짜 이럴 거면 다 집어치우고 그냥 내 책에다 교복을 입히는 게 낫겠다' 싶은 강한 '빡침'이 느껴지는 한마디다. 퓰리처 상을 받은 작가인데도 "내 말에 덧입혀지는 것, 내 책의 표지는 내 선택이 아니다"라고 하는 걸 보면 '마케팅 부서의 파워'는 한국이나 미국이나 비슷한 모양이다.

'유니폼을 입은 표지'는 이미 만들어지고 있다. 바로 전집의 표지다. 전집은 모든 책에 적용할 수 있는 대표 디자인 하나를 정하고, 개별 책만의 고유한 디자인을 추가하는 방식으로 만든다. 교복은 정해져 있지만 색다른 디자인의 모자로 포인트를 준다거나, 자신이 좋아하는 디자인의 스카프를 맨다거나, 명찰 크기를 다르게 한다거나 해서 고유한 개성을 드러내는 것이다.

내 책이 전집이나 시리즈에 포함된 사례도 있다. 장편소설《나는 농담이다》•p.178는 민음사의 '오늘의 젊은 작가' 시리즈에 들어가 있다. 나는 이 시리즈의 디자인을 좋아한다. 표지의 한가운데에 커다란 직사각형 구멍을 낸 다음 거기에다 책 제목과 작가의 이름을 적어 넣는 공통 디자인을 채택했다. 배경으로는 현대미술 작가들의 그림이 들어 있다.《보건교사 안은영》의 그림은 정수진 작가의 작품인데, 소설의 분위기를 시각적으로 잘 보여주고 있다. 정지돈의 소설《…스크롤!》의 표지 사진은 스페인의 비디오 아티스트 듀바시(Dubassy)의 작품인데 소설가가 직접 찍은 사진인 것처럼 찰떡으로 어울린다. 그림에다 사각형 구멍을 내는 게 어울리지 않는 경우도 많은데《…스크롤!》만큼은 의도한 것처럼 잘 어울린다.

《나는 농담이다》의 표지를 선택할 때도 그런 고민이 많았다. 이상원 작가의 그림은 보자마자 무척 마음에 들었다. 문제는 그림에다 구멍을 내야 한다는 것이다. 그나마 다행인 것은 직사각형 구멍을 내야 하는 자리가 까만 우주라는 점인데, 그래도 구멍을 내지 않았더라면 그림의 감동이 더 컸을 것이다. 그림에 구멍을 내게 해주고, 몇 가지 수정 사항도 허락해준 이상원 작가에게 고마운 마음이 크다.《나는 농담이다》의 표지를 볼 때마다 거대한 우주의 개념이란 게 '일종의 농담이다'라는 메시지가 숨어 있는 것 같아서, 그리고 '책 속 농담의 농도는 그림에서 드러나는 정도'라고 알려주는 것 같아서, 기분이 좋아진다.

줌파 라히리는《책이 입은 옷》에서 전집과 작가의 관계에 대해 설명하기도 했다.

"전집은 자신의 작가들에게 말한다. 당신들은 우리 식구입니다."

그래서 흥미롭지만 논쟁의 여지가 많은 문제가 제기된다. 전집이 더 중요할까 아니면 전집에 속하는 책이 더 중요할까? 나는 아직도 답을 모르겠다. 전집은 텍스트에 봉사해야 하는데 반대로 텍스트가 전집에 봉사할 수도 있다. 어떤 면에서 전집은 아주 독창적인 개별 표지에 비해 덜 공격적이고 신중한 포장인 듯하다. 또 다른 면에서 전집은 좀 더 형식적이고 거드름을 피운다는 인상을 준다.

_《책이 입은 옷》줌파 라히리 지음, 이승수 옮김, 마음산책

덜 공격적이고 신중한 포장이라는 말에는 동의한다. 아무리 화려하게 포장하고 싶어도, 커다란 그림을 표지에 꽉 차도록 배치하고 싶지만 그럴 수 없다. 유니폼을 지켜야 한다. 한계를 인정해야 한다. 나는 그 한계야말로 전집의 매력인 것 같다. 때로는 '마음껏 해봐'가 아니라 '이것만 지키고 마음껏 해봐'가 더 재미있을 수 있다. 한계는 아이디어의 출발이 되기도 한다. 직사각형 구멍을 창문처럼 만들 수도 있고, 종이처럼 만들 수도 있다.

내 서가에는 전집들끼리 모인 구역이 있다. 같은 디자인의 책들이 나란히 꽂혀 있는 걸 보면 기분이 좋아진다. 멀리서 보면 개별의 책 제목은 보이지 않고, 전집이라는 덩어리만 보인다. 전집을 하나의 스포츠 팀이라고 생각해보는 것도 재미있다. 여러 전

집에서 한 권씩 스카우트해온 다음 나만의 팀을 만들고, 각각의 책에게 어울리는 백넘버를 부여하는 것이다.《노인과 바다》는 어쩐지 99번이 어울릴 것 같고,《이상한 나라의 앨리스》는 42번,《제5도살장》은 5번, 카프카의《성》에게는 11번을 줄 것 같다. 주장은 조지 오웰의《1984》, 백넘버는 84번이다. 부주장은 무라카미 하루키의《1Q84》. 백넘버가 같을 수는 없으니까 73번으로 하자. 무라카미 하루키의 작품 중에《1973년의 핀볼》을 좋아한다. 이렇게 놀다 보면 시간이 훌쩍 흘러간다.

책이 입은 옷

줌파 라히리

이승수 옮김

마음산책

마음산책

거대한 언어의
세계로 들어가는

작은 출입구

히로세 나나코 감독의 다큐멘터리 영화 〈책 종이 가위〉는 일본
의 '명장' 북 디자이너 기쿠치 노부요시의 작업 현장을 다루고
있다. 제목에서 알 수 있듯 컴퓨터 프로그램으로 북 커버를 디자
인하는 사람이 아니다. 기쿠치 노부요시는 종이를 손으로 구기
고 가위로 자르고 풀로 붙이면서 1만 5천여 권의 책표지를 만들
었다. 서체를 고르고 미세하게 위치를 옮기고 조금씩 다듬어가
는 작업 과정을 보면 '저렇게까지 할 일인가' 싶다가도 '저렇게
섬세하게 작업을 했으니 장인인 거겠지' 하는 마음이 든다.

책을 대하는 기쿠치 노부요시만의 다양한 의견이 재미있는데
그중에서도 '拵える(코시라에루; 차리다)'라는 표현의 해석이 인상

적이었다. 할머니가 자주 쓰던 에도 사투리인데, 책을 디자인하는 것은 '차리는 행위'와 가깝다는 얘기다.

"할머니가 썼던 말이야. '엄마가 없으니까 대신 할미가 점심 차려줄게. 간식 차려줄게' 식으로, 내 안에 스며든 말이지. …… (중략) …… 누군가를 위해 하는 행위니까, 만드는 건 내가 하지만 타인 없이는 성립이 안 돼. 디자인도 타인을 위한 거야."

기쿠치 노부요시 디자이너가 종이를 자르고 붙이면서 표지를 만드는 방식은 밥상을 차리는 것과 비슷하다는 생각도 든다. 책 앞에서 발길을 멈추고 '책을 읽어볼까?'라는 생각을 하게 만들고, 최대한 맛있게 책을 읽을 수 있도록 북 커버를 만드는 것이다. 차린다는 것은 상대에게 내가 줄 수 있는 것들을 다 꺼내놓는 일이고, 정신적이든 육체적이든 배부르게 해주고픈 소망을 담는 일이다.

'차리다'라는 단어를 떠올리며 서점에 있는 책의 표지들을 보니 이상한 상상을 하게 된다. 음식 관련 서적도 아닌데, 꺼내놓은 책들이 모두 밥상으로 보인다. 미니멀하게 제목만 커다랗게 적힌 표지는 원푸드 다이어트를 추구하는 독자를 위한 밥상 같고, 다양한 요소를 어지러울 정도로 욱여넣은 표지는 비빔밥을 닮은 것 같고, 다양한 색을 뒤섞은 표지는 아이스크림이 놓인 디저트 밥상 같다. 서점에 있는 수많은 책은 거대한 차림표와 같은 거였다.

기쿠치 노부요시의 삶에는 중요한 작가가 한 명 있다. 그는 프랑스의 소설가이자 철학자인 모리스 블랑쇼의 책《문학의 공간》을 읽고 북 디자이너를 꿈꾸게 됐다. 서점에서 구경을 하고 있는데 멀리 있는 책표지의 제목에 입힌 금박이 반짝였고, 책을 집어드는 순간 인생이 바뀌었다.

"내 머릿속에선 금속의 빛과 금속에서 느껴지는 빛과 드라이포인트의 무미건조한 날카로운 검은 선이 충돌했지. 그 책을 집을 이유는 그것만으로 충분했어."

기쿠치 노부요시는 (《문학의 공간》 표지를 만든) 코마이 테츠로 디자이너가 정성껏 차린 금박 음식에 매료되어 그 책을 맛나게 섭취한 다음, 평생 북 디자이너로 살게 됐다. 70대가 된 기쿠치 노부요시는 모리스 블랑쇼의 책을 처음 만난 지 50년 만에《끝없는 대화》의 일본어 초판을 작업하게 됐다.

"이번에 이 글과 대화함으로써 디자인을 출발점으로 되돌릴 수 있어요."

기쿠치 노부요시에게 모리스 블랑쇼는 터닝 포인트인 셈이다. 인생의 방향을 바꾸게 해주었고, 반환점을 마련해주었다. 모리스 블랑쇼의 철학에서 언어의 의미를 인용하기도 한다. 말은 작가의 무의식에서 퍼져 나오는 것이기 때문에 작가의 것도 아니고, 독자의 것도 아니며 작가의 말을 독자가 읽는 순간 그 말을 새롭게 해석하게 되므로, 말은 그 자체의 생명력을 가지고 있다는 생각을 이야기할 때 기쿠치 노부요시는 행복해 보였다. 몰두하던 책표지 작품이 자신의 손을 떠나 독자에게 다가갈 때 새로운 생명을 얻게 되길 바라기 때문에 그런 표정을 짓는 게 아닐까. 어쩌면 모리스 블랑쇼의 아래와 같은 문장에 밑줄을 그었을지도 모르겠다.

내가 홀로 있을 때, 난 홀로이지 않다. 그러나 이 현재 속에서 나는 이미 어느 누구의 형태로 나에게 되돌아온다. 누군가가 있다. 내가 홀로 있는 곳에. 홀로 있다는 사실, 그것은 나의 시간이 아닌, 너의 시간이 아닌, 공동의 시간이 아닌, 하지만 어느 누구의 시간인 죽어 버린 시간에 내가 속해 있다는 것을 말한다. 어느 누구는 아무도 없을 때에 여전히 현전하는 자이다. 내가 홀로 있는 곳, 그곳에 나는 있지 않다. 그곳에는 아무도 없다.

_《문학의 공간》 모리스 블랑쇼 지음, 이달승 옮김, 그린비

작가는 문자를 조합하여 책을 쓰고 이야기를 만들고, 북 디자이너는 책표지를 잘 차려서 서점에 내보내고 책을 사랑하는 독자는 먹음직스러운 표지에 홀려서 책을 읽고, 그 속에 들어 있는 의미를 사랑하여 여러 사람에게 이야기하고, 책에 대해서 말하고, 거듭 말하는 순간에 우리는 어디에 있을까. 우리는 어디에도 없고, 보이지도 않으며 아주 작고 작은, 우리는 그저 거대한 언어들의 일부일 뿐인지도 모르겠다.

북 커버는

거대한
언어의
세계로

들어가는

작은
출입구일
것이다.

그린비

이리 탐정

1.

이리 탐정은 자신이 동물들의 말을 알아들을 수 있다고 느꼈다. 고양이의 눈을 가만히 들여다보고 있으면 고양이의 문자가 보이는 듯했고, 도마뱀의 꼬리를 쥐고 있으면 진동을 통해 도마뱀의 언어가 들리는 듯했다. 동물들이 자신에게 어떤 말을 하고 있다고, 그게 어떤 말인지는 명확하지 않지만 무언가 전달하려 하고 있다고 느꼈다. 언젠가 고양이와 개와 도마뱀과 이구아나의 언어를 알아내는 게 이리 탐정의 목표였다. 간단하게나마 그들과 인사를 나눌 수 있다면 악어로 가득 차 있는 지옥에 떨어진다고 해도 감당할 수 있을 것 같았다. 지옥은 무척 무료할 테니 악어의 언어를 배우면서 살아가면 되지 않을까 생각했다. '어이, 악어, 피부가 좀 거칠어진 거 같다? 선크림 좀 발라야 하는 거 아냐?' 이런 인사를 건넬 수 있다면 얼마나 좋을까.

고양이의 눈동자 속에 뭐가 들어 있는지 지켜보고 있을 때 문을 두드리는 소리가 들렸다. 이리 탐정은 문을 두드리는 소리를 고양이가 내는 것인 줄 알고 깜짝 놀랐다. 이리 탐정이 푸른 철문을 열었더니 양복을 잘 차려 입은 40대 초반의 남자가 서 있었다. 단정한 얼굴이었지만 어딘가 특별히 잘생긴 부분은 없는, 밋밋한 얼굴이었다.

"여기가 이리 탐정 사무실입니까?"

남자가 물었다.

"예, 들어오세요."

이리가 남자를 안내했다. 남자는 사무실 안으로 들어오면서 동물들 때문에 멈칫했다. 개 두 마리와 고양이 다섯 마리와 도마뱀과 이구아나가 사방에 널려 있었고, 이상한 지린내가 공간에 가득 들어차 있으니 편안할 리 없었다.

"구동치 탐정 소개로 왔습니다."

남자는 자신이 공간의 주도권을 잡고야 말겠다는 듯 큰소리로 말했다.

"구 탐정님이요?"

이리가 물잔을 들고 오며 대답했다.

"예, 구동치 탐정에게 일을 맡기려고 찾아갔는데, 이리 탐정님을 추천하더군요."

"구 탐정님이 왜 안 맡으시고요?"

"은퇴하셨다던데요."

"은퇴요? 그분이 은퇴했다고요?"

"예, 그렇게 들었습니다."

"아니, 돈만 주면 뭐든 하는 분인데 도대체 얼마나 힘든 일이길래 은퇴했다는 핑계를 댔을까요?"

"구동치 탐정님이랑 똑같은 얘길 하시네요."

"똑같다뇨?"

"딱 그렇게 말씀하셨습니다. 이리 탐정님은 돈만 많이 주면 뭐든 깔끔하게 처리해줄 거라고요."

"동치 형님이 그렇게 말했다고요?"

"네, 그랬습니다."

"형님, 사람 잘못 봤네요."

"잘못 본 겁니까?"

"일단 무슨 일인지 얘기나 들어봅시다."

이리는 더러운 컵에다 물을 따라서 남자에게 건넸다. 컵 속의 물이 낮게 찰랑였다. 남자는 컵을 받아들고 마시지는 않았다.

"입은 무거운 편이시죠?"

남자는 와인 잔을 돌리듯 물잔을 기울이며 돌렸다. 몇 방울의 물이 바닥으로 떨어졌다. 근처에 있던 강아지가 남자의 발치에 와서 물을 핥았다.

"그게 무슨 말입니까?"

이리가 입가에 묻은 물을 닦아내며 되물었다.

"말 그대로입니다. 입이 무거운 편이냐고요."

"이 아저씨 골때리게 웃기는 선생님이네. 이거 봐요. 탐정한테 와서 입이 무겁냐고 묻는 거예요, 지금? 그게 얼마나 무례한 건지 압니까? 안마 받으러 들어가서 안마 잘하는지 물어보는 겁니까? 그럴 거면 들어가질 말아야죠. 물어보면 당연히 잘한다고 말하죠. 일단 엎드려보세요. 온몸에 뭉친 응어리들을 다 풀어드릴게요."

"풉, 저는 이상하게 안마 받아도 안 시원하더라고요."

"못 믿어서 그런 거예요. 안마사를 못 믿어서……."

"제가 믿음이 좀 약한 편이긴 하죠."

"자, 그럼 안마사를 믿고 엎드려보세요."

"알겠습니다. 믿어보죠. 구동치 탐정님이 소개한 분이니까 믿어보겠습니다."

남자는 어디서부터 이야기해야 할지 잠시 망설이는 듯했다. 손가락으로 컵을 두드렸다. 손톱과 유리컵이 맞부딪치는 날카로운 소리가 났다. 책장의 높은 곳에 올라가 있던 고양이가 날카롭게 울자 반대편에 웅크리고 앉아 있던 개가 짧게 두 번 짖었다.

"신경 쓰지 말고 얘기하세요. 녀석들도 선생님이 얘기해야 할 타이밍이라는 걸 아나 봅니다. 빨리 얘기하시라고 닦달을 하네요."

"간단하다면 무척 간단한 일입니다. 누가 그 일을 맡냐에 따라 간단할 수도 있고, 복잡할 수도 있는 일이죠. 이리 탐정님이 유능하다면 간단하게 끝낼 수 있는 일입니다. 제가 잘 몰라서 그러는데, 이리 탐정님이 가장 잘 처리하는 분야는 어떤 겁니까?"

"제 분야라……, 다양하죠."

"언뜻 듣기로는 분실 동물 찾는 게 전문이라고 하던데요."

"그거야 사람들이 잘 모르고 하는 소리죠. 어떤 걸 원하십니까? 잠입? 미행? 도청? 살인은 아니죠?"

"위스키 좋아하십니까?"

"없어서 못 마시죠."

"그럼 안타깝게 됐네요. 위스키 한 병을 깨서 없애는 일입니다."

"위스키를 어쩐다고요?"

"깬다고요."

"위스키를 왜 깨요?"

"탐정님에게 아주 자세하게 설명을 해야 하는 건 아니죠?"

"그래도 아무런 설명 없이 '위스키를 깨는 일'이라고만 하는 건 좀 깨는 거 아닙니까?"

"잠입이 어려운 집입니다. 그 집 서재에 들어가서 위스키 한 병을 박살내고 돌아오면 끝나는 일입니다. 사례는 이 정도면 될까요?"

남자는 물잔을 책상에 내려놓고, 책상 위에 있던 메모지에다 금액을 적었다. 이리가 관심 없다는 듯한 표정으로 금액을 흘낏 내려다봤다. 이리는 놀란 표정을 짓지 않기 위해 노력했다. 이리가 1년 동안 아무런 일도 하지 않고 먹고 살 만한 금액이었다.

"얼마나 잠입이 어렵길래 이렇게 화폐를 많이 사용하는 겁니까?"

"이구진 회장 집입니다."

"이구진이요?"

"아시죠?"

"당연히 알죠. 그 집에 잠입하라고요?"

"안 됩니까?"

"이구진 회장 정도면 경호원도 여러 명 있을 텐데요."

"그렇겠죠. 어렵겠습니까?"

"다른 일은 하지 않고 위스키만 깨고 나온다고요?"

"네. 위스키만요."

"이유가 궁금한데요."

"이유를 설명해드리면 사례가 줄어들 겁니다. 그 정도 돈을 쓰는데 이유까지 설명해드려야 합니까?"

이리는 메모지에 적힌 금액에 엑스자를 긋고 약 20퍼센트가 더 많은 새로운 금액을 적었다. 자신이 봐도 무모해 보이는 금액이었다. 하지만 지금이 아니면 흥정할 기회는 사라지고 말 것이었다. 남자는 금액을 바라보고는 풉, 하는 소리를 내면서 웃었다. 남자는 이리가 써놓은 금액에다 동그라미 모양을 그렸다.

"자, 그럼 계약이 된 거네요."

남자는 양복 주머니에서 종이를 꺼내며 말했다.

"좋습니다. 해보죠."

이리가 종이를 받아들었다.

"종이에 자세한 내용을 적어놓았습니다. 사례의 절반은 내일 상자에 넣어 보내드리겠습니다. 나머지는 일이 끝나면 드리죠."

"제가 궁금한 게 생기면 어디로 연락하죠?"

"제가 전화드리겠습니다."

남자는 이리와 악수를 하고 넥타이를 만지며 밖으로 나갔다. 물잔의 물은 마시지 않은 채 고스란히 남아 있었다. 이리는 주머니 속에 있던 면장갑을 끼고 물잔의 물을 비웠다. 유리잔에 남자의 지문이 또렷하게 묻어 있었다. 이리는 지문 채취 종이로 남자의 지문을 복사한 다음 싱크대에 유리잔을 넣었다.

이리는 종이에 적힌 몇 가지 사항들을 읽고 또 읽었지만 도대체 이해가 되지 않았다. 종이에는 이구진 회장의 집 주소와 간단한 집의 구조도, 위스키의 이름이 적혀 있었다. 맨 아래에는 세 가지 주의 사항이 적혀 있었다. 첫째, 위스키를 서재에서 절대 들고 나오지 말 것. 둘째, 바닥에다 병을 깬 후 파편을 치우지 말 것. 셋째, 스포이드로 위스키 한 방울을 채취해 올 것. 겨우 이런 일을 시키기 위해 그렇게 많은 돈을 들인다는 것도 이해가 되지 않았고, 위스키를 훔쳐 오는 게 아니라 위스키를 깨고 돌아와야 한다는 임무도 도대체 이해가 되지 않았다. 한 방울을 채취해 오라는 건 또 뭔가. 머리로는 이해할 수 없었지만 이리는 일단 돈으로 이해하기로 했다. 그 정도 돈이면 생각을 줄일 수 있었다.

이리는 구동치를 만나러 악어 동네로 향했다. 구동치가 은퇴했다는 말의 뜻을 알고 싶기도 했고, 일을 맡긴 남자의 정체가 궁금하기도 했다. 구동치라면 알 것 같았다. 이리는 선선한 바람을 맞으면서, 곳곳에 붙어 있는 '재개발 반대' 플래카드에 적힌 직설적인 문구들을 읽으면서 언덕길을 올라갔다. 악어빌딩에 다다랐을 때 철물점 주인 백기현이 평상에 앉아 있는 게 보였다.

"어, 어쩐 일이야, 이리 와봐."

백기현이 키득거리며 말했다.

"또 말장난하시네, 안 웃기다니까요, 아저씨."

이리가 가쁜 숨을 내쉬며 투덜거렸다.

"내가 무슨 말장난을 했어? 이리 와보라는데……, 잘 지냈어?"

"구 탐정님 위에 계세요?"

"그걸 내가 어떻게 알아?"

"다 아시잖아요, 동네 사람들이 어디서 뭐 하는지. 괜히 모르는 척 겸손 떨지 마세요."

"그게 겸손이냐?"

"겸손이죠. 알면서 모르는 척하는 거니까."

"구 탐정 없어. 어디 외국에 갔다 온대."

"언제요?"

"3일쯤 됐나."

"그랬구나."

"무슨 일인데? 구 탐정한테 무슨 볼일 있어?"

"그냥 좀 물어볼 게 있어서요."

"뭔데?"

"아니에요."

"뭔데, 인마. 답답하게……, 나한테 말해봐."

"그건 됐고요. 아저씨가 구 탐정님 열쇠 가르쳐준 거 맞죠?"

"열쇠?"

"예전에 구 탐정님이 그랬거든요. 백 사장님이 자물쇠 따는 거는 서울에서 열 손가락 안에 든다고요."

"그랬어? 구 탐정이?"

"예."

"사람 잘못 봤네."

"그래요?"

"다섯 손가락 안에는 들지."

"백 사장님, 그런 분인지 몰랐네요."

"누구나 다 과거가 있는 법이야. 너도 과거가 있을 거 아냐."

"저야 과거가 있는 바람에 미래도 없어진 놈이죠."

"그게 무슨 소리야?"

"그 얘긴 됐고요. 어떤 자물쇠도 다 딸 수 있어요? 최첨단 자물쇠도 다 딸 수 있어요?"

"시간만 있으면 뭐든 딸 수 있지. 기계식이든 전자식이든 뭐든 가능해. 그런데 말이야, 묘한 게 뭔지 알아? 자물쇠를 빨리 따는 양아치들은 불법적인 일을 하는 놈들이야. 그런 놈들은 자물쇠가 망가지든 말든 상관 안 하지. 하지만 진짜 열쇠장이들은 빨리 못 따. 아니, 빨리 안 따. 빨리 따면 자물쇠가 망가지니까. 어쩔 수 없이 자물쇠를 따더라도 최대한 예의를 표시하는 거야. 구조를 익히면서 자물쇠를 만든 사람에게 존경을 표시한 다음 '자, 지금부터 어쩔 수 없는 이유로 내가 당신을 땁니다. 주인이 열쇠를 잃어버렸습니다. 그러니 양해 부탁드립니다' 그러고 자물쇠를 따는 거야. 세상 사람들은 진짜 전문가들을 몰라. 양아치들이 전문가인 줄 알지."

"백 사장님은 양아치 아닌 거죠?"

"내가 그렇게 보이냐?"

"아뇨. 절대 아니죠. 엄청난 전문가처럼 보이세요. 그러니까 자물쇠 따는 것 좀 가르쳐주세요. 저도 기본은 좀 아는데요. 전문가 과정이 필요해요."

"이리야, 자물쇠 따는 게 무슨 다방 커피 타는 건 줄 알아? 커피 둘에 프림 둘에 설탕 둘, 그렇게 하는 게 아니라고. 자물쇠 따는 건 예술이야, 예술."

"그러니까 그 예술 좀 공유하자고요."

"맨입으로?"

"당연히 아니죠."

이리는 백기현에게 자물쇠 따는 법을 배우기로 하고 악어빌딩을 나섰다. 일단 현장 탐문을 한 후에 작전을 세워야 할 것 같았다. 어떤 문에 어떤 자물쇠가 달려 있는지 알아야 백기현에게 뭘 배워야 할지 알 수 있을 것이다. 이리는 사무실로 돌아오는 길에 구동치 탐정에게 전화를 걸었지만 전화기는 꺼져 있었다.

이리는 다음 날부터 현장 탐문을 시작했다. 이구진 회장의 집 근처에는 별다른 구조물이 없어서 접근하기가 쉽지 않았다. 망원경을 들고 멀리서 지켜보는 수밖에 없었다. 며칠 동안 정문을 관찰했지만 차가 드나드는 모습은 자주 보여도 사람의 흔적은 찾을 수가 없었다. 이리는 자동차가 드나드는 시간과 차량 번호를 꼼꼼하게 적었다. 그걸로 뭘 할 수 있을지는 알 수 없지만 일단 적었다. CCTV의 위치도 적었다. 정문 쪽에는 네 개의 CCTV가 있었고, 사각지대는 없었다. 허락받지 않고 몰래 들어가는 건 불가능해 보였다. 이리는 이구진 회장의 집을 계속 보면서 약한 고리를 찾아내려고 애썼다. 분명 약한 고리가 있을 것이다. 이리는 지치지 않고 끈기 있게 관찰했다. 이리 탐정이 하는 일이 대부분 그런 일이었다. 기다리고, 관찰하고, 상대의 약점을 찾아내고, 약점을 크게 만들고, 약점으로 공격하고, 다시 기다리고, 계속 기다리다가 한방 먹이는 게 이리가 잘하는 일이었다.

이리에게 이리라는 별명을 붙여준 사람 역시 이리에게서 이리의 특성을 보았다. 흔히 이리로 불리는 회색늑대는 사람들이 생각하는 것보다 사교적이며 그 어떤 동물보다 영리하다. 회색늑대들은 자신보다 강한 적을 쓰러뜨릴 때 측면이나 후면을 기습 공격한다. 언제나 자신의 처지를 잘 알고 있으며, 함부로 나서지 않는다. 이리 역시 그랬다. 이리가 살고 있는 사무실은 회색늑대들이 인간의 눈을 피해 도로나 철도 주변에 만들어놓은 굴과 비슷했다. 어느모로 보나 이리는 이리와 닮았다. 이리라는 별명으로 처음 불리게 됐을 때 이리는 간결하고도 날카로운 그 별명이 마음에 들었다.

이구진 회장의 집 근처에서 끈질기게 기다린 끝에 이리는 일주일 만에 대문과 CCTV의 약점을 찾아냈다. 기분이 좋아진 이리가 짧은 휘파람을 불었다. 약점을 발견하자마자 이리의 머릿속에 시나리오가 펼쳐졌다. 불가능해 보이던 잠입이, 가능할 것 같았다.

2.

이리의 생활은 단순해졌다. 아침에 일어나자마자 이구진 회장의 집에 들러서 정찰을 한 다음 점심 때가 되면 사무실로 돌아와서 함께 사는 녀석들의 밥을 챙겨준다. 오후에는 악어빌딩에 가서 백기현에게 '자물쇠와 열쇠' 강의를 듣고 해질녘이 되면 다시 이구진 회장의 집을 정탐하러 갔다. 이리는 똑같은 하루가 빨리 지나가는 게 좋았다. 같은 일이 반복되고, 반복되는 날을 지켜보고 있는 게 좋았다. 아무것도 바뀌지 않을 것처럼 세계는 계속 반복됐다. 이구진 회장의 집은 늘 조용했고, 백기현은 하루도 농담을 거르는 날이 없었으며 비슷한 시간에 해가 졌고, 비슷한 시간에 다시 해가 떴다. 자신이 죽을 때까지 이대로, 아무것도 바뀌는 일 없이 이대로 세계가 지속됐으면 좋겠다는 생각이 들 정도였다. 위스키병을 깨뜨려 모든 걸 변화시켜야 하는 자신의 임무가 잔인하게 느껴졌다.

이리는 남자가 박스에 담아 온 돈을 은행에 입금하지 않았다. 사무실 금고에 넣어둔 다음 매일 조금씩 돈을 빼 쓰는 기분이 좋았다. 돈만 충분하다면 변화 없는 세계를 견딜 만했다. 돈이 없을 때는 변화를 요구했지만 이젠 그럴 필요가 없었다. 최대한 바뀌는 게 없는 게 좋았다.

백기현에게는 매일 현금 2만 원을 내고 강의를 들었다. 예전 같으면 큰돈이라고 생각했지만 일종의 투자라고 생각하니 대수롭지 않게 느껴졌다. 문제는 백기현의 불성실한 강의였다. 강의라고 할 것도 없었다. 3분의 1은 백기현의 농담으로 채워졌고, 3분의 1은 손님에게 물건을 파느라 시간이 지나갔고, 3분의 1 정도만 강의에 할당된 시간이었다.

"자, 이리야, 지난 시간에 이 자물쇠가 무슨 종류라고 했지?"

백기현이 자물쇠 하나를 흔들며 말했다.

"열기 어려운 종류요."

이리가 작은 목소리로 대답했다.

"너 머리 나쁘지?"

"제가 왜요."

"가르쳐준 걸 왜 기억을 못 하냐고."

"지난번에 아저씨가 그러셨잖아요. 자물쇠는 딱 두 종류뿐이라고, 열기 쉬운 거 하고, 열기 어려운 거 하고."

"사람도 딱 두 종류지. 말귀를 알아듣는 놈하고, 말귀를 못 알아듣는 놈하고. 이게 에이치(H) 형 자물쇠라고 했어, 안 했어?."

"아, 기억나요."

"너 그래 가지고 탐정 일은 어떻게 하나?"

"저는 자물쇠 딸 일은 별로 없어요. 주로 기다리고 뒤따라 다니고 그런 일 하니까."

"그럼 이건 뭐하러 배우냐? 자물쇠 딸 일도 없는데?"

"요번에 맡은 일은 자물쇠를 좀 따야 할 것 같아서요. 참, 아저씨, 번호키 따는 것도 잘해요?"

"아저씨 말고 선생님이라고 부르라니까."

"아…… 예, 백 선생님, 번호키도 딸 줄 아십니까요?"

"알지."

"가르쳐주세요."

"그건 시간 많이 걸려. 너 같은 놈이면 6개월도 더 걸릴 거다."

"속성 코스는 없어요?"

"빨리 먹는 밥이 체하는 거여."

"알았어요. 천천히 배울게요."

"탐정이란 놈이 그렇게 포기가 빨라서 어쩌냐. 체할 거 같으면 소화제랑 같이 먹을 생각을 해야지."

"소화제 값 내라는 얘기죠?"

"짜식이……, 그런 말은 참 잘 알아듣네."

"아저씨는……, 아니 백 선생님은, 제 수강료 모아서 빌딩 하나 세우시겠네요."

"수강료도 얼마 안 내면서, 생색은……, 가르쳐주는 거나 똑바로 들어."

"솔직히 뭐 가르쳐주는 것도 별로 없잖아요."

백기현은 이리를 향해서 의미심장한 웃음을 짓더니 철물점 안으로 들어갔다. 그의 뒷모습에서 뭔가 제대로 된 걸 보여주겠다는 의지가 보였다. 몇 분 지나 백기현은 낡은 공구 상자 하나를 들고 나타났다. 그 속에는 온갖 잡동사니들이 모여 있었다.

"이 상자 안에 내 비법이 전부 다 들어 있어. 이 중에서 번호키를 따는 데 꼭 필요한 도구가 있어. 그걸 찾아내봐."

"시험 치는 거예요?"

"합격하면 소화제 값은 안 받을게."

"이야, 막 의욕이 생기는데요."

이리는 공구 상자 속을 가만히 들여다봤다. 백 개도 넘는 물건들이 먼지를 뒤집어쓴 채 뒤섞여 있었다. 작은 크기의 드라이버, 이쑤시개, 이어폰, 열쇠고리, 연필, 지우개, 회중시계, 치실, 클립……, 도대체 어떤 용도로 그 물건들을 모아놓은 것인지 가늠할 수 없었고, 그 속에서 도움이 될 만한 걸 찾아낼 수 있을 것 같지 않았다. 이리는 물건들을 몇 번 휘적거리다가 이내 흥미를 잃었다.

"모르겠어요. 그냥 가르쳐주세요."

이리가 먹을 걸 보채는 아이처럼 퉁명스럽게 말했다. 백기현은 이리를 보며 얼굴을 찡그리곤 얇은 종이 하나를 들었다.

"이거다."

"그게 뭔데요?"

"잘 봐."

백기현은 얇은 종이 사이에서 투명한 필름 한 장을 조심스럽게 꺼냈다. 휴대전화에 붙이는 필름보다는 훨씬 부드러워 보였고, 더 얇아 보였다. 백기현은 필름을 손바닥에 올려놓더니 마술을 하듯 손을 이리저리 흔들어댔다. 투명한 필름은 백기현의 손바닥에 쏙 들어가 잘 보이지 않았다. 백기현은 번호키가 붙어 있는 자물쇠를 손바닥으로 훑었다.

"봤냐?"

"뭘 봐요?"

"자물쇠가 달라진 거 안 보여?"

"달라졌어요? 어디가요?"

"내가 지금 필름을 번호키 자물쇠에다 붙였잖아."

이리는 백기현의 말에 놀라서 자물쇠를 들여다봤다. 백기현의 말대로 번호키 위에 얇은 필름이 덮어 씌워져 있었다.

"우와 진짜네요. 어떻게 한 거예요? 제대로 못 봤어요."

"제대로 못 보게 하는 거, 그게 기술이다."

"그런데 그걸로 번호키를 어떻게 따요?"

"따는 게 아니야. 따게 만드는 거지. 이렇게 필름을 붙여두면 주인이 와서 번호를 누르겠지? 이리야, 그거 알고 있냐? 손가락에는 지문이 남는다는 거?"

"지문을 보고 번호를 알아낸다고요? 지문이 있어도 번호 조합은 알 수 없잖아요?"

"그때부터 진짜 실력이 나오는 거야. 네 개의 비밀번호가 있다고 생각해봐. 첫 번째 번호는 대체로 세게 누르게 되어 있어. 두 번째는 살짝 스치듯, 세 번째는 무덤덤하게, 마지막 번호는 다시 약간 세게 누르게 돼 있어. 사람들이 대체로 다 그래. 지문을 자세히 들여다보면 거기에 답이 있는 거야."

"그게 지문으로 다 드러난다고요?"

"그럼. 간절히 원하는 사람한테는 다 보이게 돼 있어."

"제가 번호키 누를 테니까 한번 맞혀보세요."

"해봐. 대신에 의식하고 누르면 안 돼. 평소에 누르듯이 눌러야지."

이리는 백기현이 보지 못하도록 커다란 등으로 자물쇠를 가렸다. 마침 철물점에 손님이 왔고, 이리는 편안하게 번호를 누를 수 있었다. 번호를 생각했다. 번호를 생각해야 했다. 번호가 잘 떠오르지 않았다. 이리는 비밀번호를 만들어내야 할 때마다 머릿속이 하얗게 변하곤 했다. 네 자리 숫자를 만들어내는 게 그렇게 피곤할 수 없었다. 생일을 제외하고, 전화번호 뒷자리를 제외하고 나면 생각나는 숫자가 하나도 없었다. 이리는 어려운 문제를 내고 싶었는데, 어떤 게 어려운 문제인지도 가늠이 되지 않았다.

"눌렀냐?"

"네."

"1583이네. 1538이든가."

"어? 어떻게 알았어요?"

"나는 전문가고, 너는 멍청이라서 그렇지."

"제가 왜 멍청이에요?"

"초보자들이 대개 그 번호를 좋아하거든. 누르기 쉽고, 외우기 쉽고……. 빨리 와서 배우기나 해."

백기현은 손바닥으로 필름 잡는 방법, 필름이 우그러지지 않게 자물쇠에 붙이는 방법, 붙이면서 동시에 눌러주는 방법, 자신의 지문이 남지 않도록 하는 방법을 한 시간에 걸쳐 가르쳤지만 이리의 손재주로는 어림도 없는 기술들이었다. 이리는 손바닥이 두껍고 손가락이 짧았다. 누르거나 밀거나 쥐어박을 때는 쓸모가 많은 손이었지만 뭔가를 움켜쥐기에는 적당하지 않은 손이었다. 사람의 손이라기보다는 이리나 들개의 발과 비슷한 모습이었다.

이리는 집에 돌아가는 길에 필름을 사서 밤늦게까지 연습을 했다. 실력은 잘 늘지 않았다. 손바닥으로 필름을 쥐는 건 그럴 듯하게 할 수 있었지만 자물쇠에다 붙이는 건 쉽지 않았다. 휴대전화 액정에다 필름 붙이는 일보다 오천 배는 힘든 것 같다고 이리는 생각했다. 오천 배가 뭐야, 만 배는 힘든 것 같다고, 스스로 정정했다. 이리는 휴대전화 액정에 필름을 입히는 걸 해본 적이 있었다. 그때의 암담함과 짜증이 생생했다. 굵은 손가락으로 필름을 잡기 위해 애쓰던 장면, 기포가 생겨서 다시 떼내려다가 필름을 망쳐버리던 순간이 또렷하게 떠올랐다.

이리가 발견한 이구진 회장 집의 약점과 백기현에게서 배운 자물쇠 따기 기술을 결합한다면 집 안으로 잠입하는 건 어렵지 않을 것 같았다. 작전이 조금씩 완성되고 있었다. 다음 날 새벽, 이리는 구체적인 계획을 세우기 위해 이구진 회장 집으로 갔다. 이리가 여러 날 지켜본 바에 의하면 이구진 회장 집이 가장 분주한 때는 새벽 5시였다. 이구진 회장이 집을 나서는 5시 무렵 집 안이 한 번 들썩였고, 회장을 실은 자동차가 떠나고 나면 집 주위에 침묵의 방어막이 다시 생겨났다. 그리고 6시 무렵 문이 열리고 이리가 발견해낸 이 집의 약점이 등장한다.

이구진 회장의 손녀 이연지는 매일 아침 6시 무렵, 개를 산책시키기 위해 집을 나섰다. 이리는 일주일 동안 이연지가 집을 나서는 시각을 기록했다. 오차가 거의 없었다. 매일 6시 10분이었다. 6시에 일어나서 간단한 준비를 하고 개를 준비시키고 집을 나서는 것이 분명했다. 문제는 산책에 나서는 게 손녀 이연지와 개뿐만은 아니라는 점이었다. 매일 경호원 한 명이 이연지와 개의 뒤를 따라갔다. 경호원은 늘 검은색 양복을 입고, 개의 배설물을 처리할 수 있는 검은 비닐봉지를 들고 거리를 유지한 채 이연지와 개의 뒤를 따라갔다. 개의 뒤꽁무니를 쫓아다니는 게 자존심 상하는 일이라고 생각할 수도 있을 텐데 경호원의 표정은 언제나 변함이 없었다. 개가 똥을 쌌을 때도 마찬가지였다. 경호원은 묵묵히 비닐봉지를 뒤집어 똥을 집었고, 입구를 묶은 다음, 다시 뒤를 따랐다. 이리는 백기현에게서 전수받은 기술을 언제쯤 써먹을 수 있을지 작전을 세웠다. 손녀 이연지가 산책을 마치고 돌아올 때가 가장 좋을 것 같았다. 아침 7시에서 7시 20분 사이, 적당한 우연이 억지스럽지 않은 시각이었다.

다음 날 이리는 똑같은 시간, 집을 나서는 손녀 이연지를 확인하고 집 근처에서 그녀를 기다렸다. 자신이 가장 아끼는 친구인 개 '레몬'과 함께였다. 레몬은 보더콜리 종으로 스코틀랜드에서 직수입한, 보기 드문 개였다. 개를 아는 사람이면 누구나 말을 걸고 싶어지는 그런 개다. 개와 산책하는 사람과 가까워지기 위해선 개를 데리고 나가야 한다. 그것도 아주 똑똑한 개여야 한다. 이리는 이연지를 기다리며 주머니 속의 필름을 확인했다. 자신을 둘러싼 세계가 본격적으로 변화할 것을 생각하니, 온몸의 모든 털이 조용히 술렁였다.

3.

집 안으로 들어가자마자 여섯 마리의 개들이 한꺼번에 이리에게 달려들었다. 좋아서 달려드는 것인지 겁을 주기 위해 달려드는 것인지 알 수 없어 이리는 한 걸음 뒤로 물러섰다. 레몬도 이리를 따라서 멈칫했다. 이연지가 그 사이에 끼어서 개들을 정리했다.

"우와, 애들이 선생님을 무척 좋아하네요. 이런 열띤 반응을 보이는 건 처음인데요."

"녀석들은 딱 두 가지 경우에만 흥분하죠."

"어떤 경우예요?"

"완전히 자기 편이라고 생각되는 사람을 만났거나, 도둑놈을 만났 거나."

"하하하. 도둑놈이신가보다."

"하하, 그런가요? 도둑놈은 아니고, 제가 동네 개들에게 인기가 좀 많은 편입니다."

"그 비결, 저도 배우고 싶네요."

"제가 10년 동안 동물들의 대화법을 연구한 사람입니다. 실제로 조 금 알아들을 수도 있고요. 정신을 집중하고 인간으로서의 자아를 버리 고 나면 동물들의 말이 들립니다."

"하하, 재미있는 분이시네요. 이 동네 사세요?"

"예, 얼마 전에 아랫동네로 이사왔습니다. 이 녀석이 말씀하신 콜리 인가보군요."

"예, 맞아요. 이름은 폴록이에요."

"폴록이라……, 딱 봐도 혈통을 알겠네요."

이리는 콜리 앞에 앉아서 두 손으로 녀석의 머리를 감쌌다. 앞으로 뻗은 주둥이에 자신의 코를 맞대고는 두 눈을 응시했다. 마치 중요한 이야기를 나누기라도 하는 것처럼. 폴록의 눈과 자신의 눈이 대화를 나눌 수 있기라도 한 것처럼. 이리는 생각했다. 레몬으로 대문을 열었 던 것처럼 폴록으로 이구진 회장의 방문을 열어야 한다. 이리는 폴록 의 주둥이에 코를 대고 궁리를 거듭했다. 이연지는 이리의 모습을 흥미롭게 지켜봤고, 경호원은 미간에 주름을 잡으며 이리를 관찰했다.

"야, 이 녀석 스트레스가 좀 있네요."

이리가 고개를 들면서 말했다.

"스트레스요?"

"네, 심각한데요."

"얼마나 심각해요?"

이연지가 폴록 앞에 함께 앉았다.

"콜리가 원래 어떤 종인지는 아시죠?"

"양치기용이란 말은 들었어요."

"맞습니다. 그래서 머리가 좋은 거죠. 양치기에 사용했다는 건 뭐겠어요, 주어진 역할이 있고 그 역할에 충실하도록 설계된 개라는 말입니다. 그런데 아무런 임무가 없다면? 콜리가 콜리가 아닌 게 된다는 말입니다. 폴록의 하루 일과가 어떤가요?"

"하루 일과요? 그냥 마당에서 뛰어 놀며 지내죠."

"그림 그리기에 관심이 있는 사람이 있다고 생각해보세요. 뭔가 손에 쥐어주면 쓱싹쓱싹 모든 걸 그려내는 재주가 있는 사람이죠. 그런데 어느 날 그 사람에게서 도화지와 붓과 연필을 빼앗아버리는 겁니다. 그리고 싶은데도 그릴 수 없게 하는 거죠. 며칠 동안은 땅에다가 그림을 그리고, 냅킨에다가 이상한 낙서를 하기도 하겠지만 곧 그림에 흥미를 잃고 말 겁니다. 하루 종일 폴록을 마당에 있게 하는 건 도화지와 붓을 빼앗는 것과 마찬가지입니다."

"전문 관리사에게 도움을 받았는데, 그런 얘길 해준 분은 없었어요."

"인간 위주로 생각해서 그런 겁니다."

"인간 위주요?"

이리는 폴록의 머리를 쓰다듬으면서 일어섰다. 이연지도 이리를 따라서 일어섰다. 이리는 발이 저려서 일어난 것이지만 그런 내색을 하지 않기 위해서 턱에 손을 대고 심각한 표정을 지었다.

"그분들 모두 반려동물을 사랑하는 훌륭한 관리사들이겠죠. 하지만 반려동물 관리사들은 개의 본성을 생각하지 않습니다. 개를 독립적인 존재로 생각한다기보다 반려동물로서의 개, 목적으로서의 개에 초점이 맞춰져 있는 겁니다. 과연 개도 그것을 바라고 있을까요? 폴록에게는 폴록의 삶이 있고 우리는 폴록의 삶을 지지해주는 역할을 해야 하지 않을까요?"

"그럼 어떻게 하죠?"

"저에게 딱 하루만 폴록을 맡겨주시겠습니까? 다른 데로 데려갈 필요도 없습니다. 이 마당 안에서 폴록의 본성을 찾아주겠습니다. 더 이상 폴록이 스트레스를 받지 않도록 도와드리겠습니다."

이리는 '이 마당 안에서'라는 구절을 특별히 강조했고, 이연지는 '이 마당 안에서'라는 대목이 마음에 들었다. 폴록을 어디론가 데려가야 한다고 말했다면 이연지는 이리를 믿지 않았을 것이다.

"그래 주시면 저야 고맙죠. 언제쯤 시간 나세요?"

"아, 한 달에 하루 쉬는 날이 있는데, 내일이 바로 그날이네요. 내일 괜찮으세요?"

"저야 괜찮죠. 잘됐네요."

이리는 이연지와 악수를 하면서도 자신의 성공이 믿어지지 않았다. 이리는 레몬과 함께 집으로 돌아가면서 머릿속으로 내일의 작전을 그려보았다. 하루 종일 이구진 회장의 집에 머물 수 있다고 해도 서재까지 들어가는 것은 만만한 일이 아니었다. 이연지와 경호원의 눈을 따돌려야 하고, 서재 문을 따고 들어가야 하며, 위스키를 깨고 나서도 자연스럽게 빠져나와야 했다. CCTV에 얼굴이 포착되거나 경호원에게 붙잡힌다면 어떤 복수를 당할지 몰랐다. 이리는 편하게 마음을 먹기로 했다. '위스키 한 병 깼다고 설마 사람을 죽이기라도 하겠어.'

하지만 이내 마음이 바뀌었다. 이리에게 큰돈을 주면서 일을 맡긴 것은, 목숨을 걸고서라도 일을 마무리 지으라는 뜻인지도 몰랐다. 과연 그럴 가치가 있는 일일까. 이리는 자신이 앞으로 지을 죄의 형량을 알지 못했다.

폴록의 눈에서 스트레스가 보인다느니 독립적 존재로서의 개로 만들어주겠다느니 떠들어댔지만, 이리는 콜리를 제대로 가르칠 능력이 없었다. 동물과 이야기를 나누는 것과 동물을 가르치는 것은 전혀 다른 일이었다. 이리는 인터넷 검색을 해보고 수의사에게 전화를 걸어 자문을 구하기도 했지만 콜리를 콜리답게 교육시키는 방법은 알아낼 수 없었다. 애당초 그런 방법은 존재하지 않았다. 이리의 분석과 달리 콜리는 이미 콜리로서 존재하고 있었고, 양치기개로 활동하지만 않을 뿐 다른 콜리와 차이가 없었다. 양치기개로 활동하지 않는다고 해서 콜리가 다른 종류의 개로 변하는 것은 아니다.

다음 날, 이리는 급하게 만든 몇 가지 물건들을 차에다 싣고 이구진 회장의 집으로 갔다. 약속 시간은 오후 2시였다. 사람들의 집중력이 흐트러질 시간이고, 개의 집중력도 흐트러질 시간이었다. 이리의 집중력도 흐트러질 시간이므로, 전날 잠을 푹 자두었다. 아홉 시간을 자고 아침에 일어나 콜리의 교육에 쓸 물건들을 만들었다.

이구진 회장의 집 앞에 도착한 이리는 잠시 숨을 돌렸다. 오늘 움직여야 할 동선을 머릿속으로 그려보았다. 집 안의 구조도를 수백 번 확인하며 위스키가 있는 서재로 어떻게 들어갈지도 작전을 세워두었다. 이연지는 집 앞에 나와서 이리를 기다리고 있었다. 이리는 커다란 카트에다 짐을 싣고 집 안으로 들어갔다. 조금이라도 더 전문적으로 보이기 위해서, 최대한 집 안을 어수선하게 만들기 위해 쓸데없는 짐까지 모두 카트에 담았다.

"짐이 많네요?"

이연지가 문을 열어주며 말했다.

"이것도 최소한으로 가져온 겁니다. 부담스러우실까 봐요."

이리가 힘겹게 카트를 밀며 대답했다.

"우와, 도대체 어떻게 훈련시키는지 궁금해요."

"훈련이 아닙니다. 본성을 찾아주는 거죠."

"예, 콜리의 본성. 참, 어제 정신없이 보내드리는 바람에 제 이름도 말씀 못 드렸죠? 이연지라고 해요."

이리는 멈칫했다. 어떤 이름을 얘기할지 생각해두지 않았다. '이리'라고 하기엔 장난 같아 보였고, 본명을 이야기할 수도 없었다.

"구동치라고 합니다."

이리가 손을 내밀었다.

"이름이 특이하시네요."

"예, 이름을 얘기하면 '특이한 이름이네요'라고 말을 하고 싶을 정도로만 특이한 이름이죠."

"재미있으세요."

"자, 그럼 시작해볼까요?"

이리는 마당에다 카트를 세우고 물건들을 하나씩 잔디밭에 내려놓았다. 개들이 근처로 다가와 코를 들이밀며 킁킁거렸다. 이상한 고린내가 사방으로 퍼졌다.

"이게 무슨 냄새예요?"

"양 냄새입니다."

"양 냄새를 채취할 수도 있어요?"

"그럼요. 저는 한 스무 가지의 동물 냄새를 보관하고 있습니다. 이럴 때를 대비한 거죠."

뻥이었다. 이리의 사무실에서 스무 가지의 동물 냄새가 뒤섞인 퀴퀴한 악취가 나긴 하지만.

"이 냄새로 폴록의 본성을 되찾아주는 거예요?"

"그렇죠. 고양이에게 생선 냄새를 맡게 해주듯 콜리에겐 양의 냄새를 맡게 해줘야 합니다."

역시 뻥이었다. 어쩌면 사실일지도 모른다고, 이리는 스스로를 위안했다.

"얼마나 걸릴까요? 간식을 좀 준비해뒀는데 필요할 때 말씀하세요."

"한 3시간은 걸릴 겁니다."

뻥이었다. 3분이 걸릴지 3시간이 걸릴지 3일이 걸릴지 이리는 알지 못했다. 3시간에 모든 일을 마친다면 사람들이 퇴근하기 전에 밖으로 나갈 수 있을 것이다.

"정말 감사해요. 폴록이 무척 좋아할 거예요."

"그럼요. 시간이 꽤 걸리니까 연지 씨는 다른 볼일 보셔도 됩니다."

"아녜요. 오늘은 저도 한가한 날이에요. 마당에서 책 보고 있으려고 이렇게 준비했어요."

이연지는 책 한 권을 들어 보였다. 표지에 열쇠 구멍이 그려진 탐정 소설이었다. 이리도 전에 읽은 기억이 났다.

이리는 잔디밭에 나무 막대기 하나를 꽂고 거기에다 양고기 냄새를 묻힌 옷을 씌웠다. 그리고 커다란 양 그림이 그려진 양 모양의 패널을 세웠다. 패널은 조잡했다. 양이 그려 있긴 했지만, 양인지 알아보기도 힘들었다. 돼지고기 전문점 간판에 그려놓은 돼지 그림보다도 완성도가 떨어지는 그림이었다. 이리는 프린터로 그림을 출력해 두꺼운 종이에다 붙인 다음 패널을 만들었다. 전문가가 봤다면 혀를 찰 상황이었고, 배꼽을 쥐고 웃을 만큼 어이없는 그림이었지만, 이연지는 별다른 의심을 하지 않았다.

이리는 폴록에게 목걸이를 채운 다음 나무 막대기에다 묶었다. 폴록은 별다른 반항을 하지 않았다. 정말 양 냄새를 좋아하는지 나무 막대기에 씌워진 옷가지에다 코를 대고 계속 킁킁거렸다. 이런 장면을 놓칠 이리가 아니었다.

"연지 씨, 벌써 폴록이 반응하기 시작했네요."

"와, 대단해요. 계속 이렇게 놓아두면 되는 거예요?"

"이게 1단계고요, 좀 이따 2단계로 들어갈 겁니다."

뻥이었다. 1단계도 없고 2단계도 없었다.

"그럼 저는 구동치 씨 믿고 책이나 보고 있을게요."

"아, 그런데 주방을 잠깐 쓸 수 있을까요?"

"주방요?"

"예, 잠깐 제조해야 할 게 있는데요. 주방 도구들이 좀 필요합니다."

이연지가 경호원을 불렀다. 잔디밭 구석에 마네킹처럼 서 있던 경호원이 달려와서 이리를 안내했다. 이리는 가방을 둘러메고 경호원을 따라갔다. 이리가 계산할 수 없는 게 하나 있었다. 경호원이 주방까지 안내해줄 것은 예상했다. 주방까지 이리를 안내한 경호원이 이리 옆에 붙어 있을 것인지, 아니면 이연지 곁으로 갈 것인지, 예측할 수 없었다. 이리를 위험 인물로 생각한다면 이리 곁에 붙어 있을 것이고, 그렇지 않다면 이연지에게 돌아갈 것이다. 주방에는 음식을 만드는 아주머니가 뭔가를 끓이고 있었다. 이리는 머리를 까딱해 아주머니에게 인사하고 식탁에다 몇 가지 도구를 꺼냈다. 집에 있는 소스와 양념통 몇 개를 손에 집히는 대로 넣어 왔다. 제조할 게 있을 리 없었다. 양념통을 꺼내는 모습을 지켜보던 경호원은 눈치를 살피다가 이연지에게 돌아갔다. 이리는 참았던 숨을 한꺼번에 내쉬었다.

주방 아주머니는 이리를 신경 쓰지 않았다. 아무것도 보이지 않는 사람처럼 행동했다. 이리는 양념통을 만지작거리다가 복도로 나가서 바로 옆에 있는 이구진 회장의 서재로 갔다. 위스키가 있는 방이었다. 방문은 잠겨 있었지만 이리는 백기현의 송곳 열쇠를 이용해서 간단하게 장애물을 해결했다. 이리는 크게 숨을 들이마신 다음 문을 열었다.

이리는 어두컴컴한 방 안을 천천히 둘러보았다. 자신의 사무실보다 서너 배는 큰 방이었다. 천장까지 뻗은 책장에는 정체를 알 수 없는 책들이 가득 꽂혀 있었고, 커튼이 쳐진 창문 앞에는 커다란 책상이 놓여 있었다. 장식장을 찾는 건 간단한 일이었다. 유리로 만들어진 장식장은 나무 가구 사이에서 위태롭게, 그러나 아름답게 빛나고 있었다. 이리는 주머니에서 플래시를 꺼냈다. 장식장 안에 있는 술병을 하나씩 확인했다. 위스키와 와인과 정체를 알 수 없는 술병들이 유리 장식장 안에서 반짝이고 있었다. 장식장 한가운데서 이리는 깨뜨려야 할 위스키를 찾아냈다.

장식장 문을 열고 병을 집어들려고 할 때 등 뒤에서 이상한 소리가 들렸다. 한숨 같기도 하고 바람 소리 같기도 했다. 이리는 천천히 고개를 돌려 뒤를 보았지만 어둠 속의 물체를 식별하기가 쉽지 않았다.

"거기 누구쇼?"

이리는 어둠 속에다 작은 목소리를 던져 넣었다. 목소리는 되돌아 나오지 않았다. 분명히 뭔가 있었다. 장식장으로 다시 손을 뻗으려 할 때 방 안의 불이 켜졌다.

"정 회장이 보낸 선물인가?"

검은 가죽 소파에는 이구진 회장이 앉아 있었다.

"누구쇼?"

이리는 이구진 회장을 알아보았지만 얼떨결에 그렇게 말하고 말았다.

"나? 이 집 주인이지. 정 회장이 보낸 선물이냐고 물었네."

"그게 무슨 소립니까, 선물이냐니……, 저는 그냥 방을 잘못 찾아서 들어온 겁니다. 죄송합니다."

"아하, 방을 잘못 찾아왔는데 플래시를 들고 장식장에서 뭘 찾고 있을까? 거기에 나가는 문이라도 달렸나?"

이리는 망설였다. 몇 가지 방법이 머릿속에 떠올랐다. 뛰어나가서 죽을 힘을 다해 도망치는 방법이 있고, 이구진 회장을 힘으로 제압하는 방법이 있고, 사실대로 말하고 용서를 구하는 방법이 있고, 그리고, 또 뭐가 있을까.

"대답은 안 할 건가? 정 회장이 보냈냐고 물었어."

"누가 보냈는지는 모릅니다."

"거 참 이상한 친구네. 그럼 여기 들어온 목적은 뭔가? 그것도 모르나?"

"저는 따님의 개를 교육시키러 온 사람인데요, 지나가다가 방이 궁금해서 우연히 들어……."

"시답잖은 소리 그만하게. 이 방은 잠겨 있었고, 자네는 지나가다 우연히 들어온 사람이 아니야. 아마 정 회장이 M을 훔쳐 오라고 시켰겠지?"

"모르는 일입니다."

"얼마나 받고 이 일을 하는 건가? 위스키 M을 가져다주면 얼마를 받기로 했나?"

"모르는 일입니다."

"내가 제안 하나 하겠네. 들어보겠나?"

"모르는 제안입니다."

"정신 차리게. 나는 자네 일을 시끄럽게 처리할 생각이 없네. 조용히 지나갈 수도 있지. 자네가 협조만 잘 해준다면 말이지. 자세히 들어보겠나?"

"얘기해보시죠."

"난 자네가 며칠 전부터 내 집 근처를 서성거리고 있다는 것도 알고 있었고, 여기에 왜 왔는지도 알고 있네. 내 짐작일 뿐이지만 내 짐작이 틀리는 경우는 별로 없지. 우선, 정 회장이 자네에게 제시한 조건을 얘기해보게."

이리는 빠져나갈 구멍이 없다는 걸 깨달았다. 여유를 찾는 게 중요했다. 이리는 의자 하나를 끌어다 이구진과 마주볼 수 있는 자리에 앉았다. 호랑이굴에 들어갔어도 호랑이와 마주보면 살 수 있다.

"정 회장인지 누군지는 모르고, 위스키 M을 깨뜨리고 오라는 의뢰였습니다."

"깨뜨리라고?"

"네, 깨뜨리고 오면 이 금액을 주겠다고 했습니다."

이리는 손가락을 펴서 이구진에게 금액을 보여주었다. 정확하게 밝히고 넘어가는 게 좋을 것 같았다.

"비겁하고 치졸한 의뢰구먼."

"훔쳐 오는 게 아니고 왜 깨뜨리라고 했는지, 이유를 물어봐도 되겠습니까?"

"이유를 못 들었나?"

"예, 알아서 좋을 게 없다고……."

"자네, 사랑하는 여자가 있나?"

"지금은 없습니다."

"그럼 사랑하는 여자가 있다고 생각해보게."

"예, 생각해봤습니다."

"그 여자를 사랑하는 남자가 또 한 명 있네. 그렇게 상상해보게."

"예. 또 상상해봤습니다."

"그 여자는 자네를 사랑하고 있네."

"아, 행복하네요."

"그런데 남자가 자네에게서 그 여자를 뺏으려고 하네."

"절대 안 뺏기죠."

"그래야겠지?"

"네, 무슨 일이 있어도 안 뺏기죠."

"빼앗을 수 없게 되자 그 남자는 여자를 파멸시키려고 하네. 가질 수 없으니까 그냥 깨뜨리려는 거지. 내 말 무슨 말인지 알겠나?"

"그럼 회장님과 정 회장이 함께 사랑한 여자가 있었다는 겁니까?"

"말이 그렇다는 거지. 메타포 모르나?"

"제가 그런 쪽은 약해서요."

"메타포라는 건 위험한 거야. 오해할 소지가 많지. 가끔은 그런 오해가 사실로 판명나기도 하고 말야. 메타포는 유리잔을 다루듯 조심조심 다뤄야 하는 법이야."

"네, 조심해서 듣겠습니다."

"빼앗을 수 없으니까 깨뜨리려고 하는 심정이 자네는 이해가 되나? 아니, 빼앗는 것보다 깨뜨리는 게 더 악랄한 복수라고 생각하는 마음이, 이해가 되나?"

"어쩌면, 이해할 수 있을 것 같기도 합니다."

"그래. 나도 이제 어렴풋하게 이해할 것 같기도 하네. 위스키 M은, 말하자면 정 회장과 나의 국경 같은 거였네. 침범하지 않기로 한 서로의 영역 같은 거지. 위스키를 깨뜨리라고 지시했다는 건 나를 도발하는 거겠지. 내가 어떻게 해야 한다고 생각하나?"

"제가 뭘 알겠습니까."

"모를 것도 없네. 누군가 자네에게 싸움을 걸어오면 어떻게 하겠나?"

"대체로 참겠지만, 싸워야 할 때라면 싸우겠죠."

"그래, 자네 말이 맞아. 위스키 M 경매 때 정 회장이 내게 했던 말이 생각나네. '잘 보관하시오. 그 위스키는 이 회장 것이 아닌 거 알죠? 제가 잠깐 맡겨두는 겁니다. 제가 언젠가는 그 위스키를 찾으러 갈 테니 기다리시오' 이제 전쟁을 시작할 때가 됐나보군."

"제가 이상한 자리에 낀 거 같군요."

"아니야, 자네에게 고맙네."

이리는 이구진과 이야기를 나누면서 콜리 따위 경호원 따위 이연지 따위 모두 잊고 있었다. 문을 따고 들어온 방에서 이런 이야기를 듣고 있을 줄 몰랐다.

"자넨 인간의 본성이 바뀐다고 생각하나?"

"성선설, 성악설, 뭐 그런 거 물어보시는 겁니까?"

"그런 질문일 수도 있고…… 환경이 바뀌면 인간이 변할 수 있다고 생각하나? 마음을 먹으면 완전히 다른 삶을 살 수 있다고 생각하나? 동물들처럼?"

"어렵네요."

"그렇지, 어려운 질문이지. 함부로 대답하지 않아줘서 고맙네."

"그건 왜 물어보십니까?"

"자네 임무가 위스키를 깨뜨리는 거면 일을 완료했다는 증명은 어떻게 하나?"

"스포이트에 위스키 한 방울을 담아오라고 했습니다."

"하하하, 치밀하긴 한데 비열하고 조잡하게 치밀하네. 자네 위스키 좋아하나?"

"없어서 못 마시죠."

"그럼 이러면 어떤가? 지금부터 나하고 저 위스키 M을 다 마셔버리는 걸세. 마지막 한 방울이 남을 때까지 다 마셔버리고, 스포이트로 마지막 한 방울을 담아가게. 자네는 손해 보는 게 없지."

"그게 무슨 말씀인지……."

"모두가 행복해지는 길 아닌가. 정 회장은 위스키가 깨진 줄 알 것이고, 나는 위스키를 마실 수 있고, 자네는 돈을 챙길 수 있고. 안 그런가?"

"회장님이 손해 보는 일 같은데요? 그냥 저를 내쫓든지 경찰에 신고하든지 그러면 되는 거 아닙니까?"

"아니, 나도 정 회장이 위스키가 깨진 줄 아는 게 좋네. 그래야 나도 반격할 시간을 벌 수 있으니까. 그리고 무엇보다……."

"예, 말씀하시죠."

"자네가 마음에 드네."

"제가요?"

"나이가 들면 술 친구를 찾기가 힘들어. 진짜 술을 마시기도 힘들고. 일 이야기를 하기 위해 술을 마실 수는 있지. 접대하기 위해 술을 마실 수도 있고. 그런데 술만 마시는 일은 점점 줄어들어. 자네하고 나는 술만 마실 수 있겠지. 안 그런가?"

"저는 손해 볼 게 없지만, 그래도 되는지 모르겠습니다."

"안될 게 없지. 이 집의 주인은 나고, 그 술의 주인도 나니까. 술 가져 오게."

이리는 쭈뼛거리며 위스키 M을 들고 이구진 앞으로 갔다. 이구진은 조심스럽게 위스키의 비닐 포장을 벗기고 코르크 마개를 제거했다. 아주 오랫동안 위스키를 만져온 사람처럼 동작 하나하나가 능숙했다.

"이 위스키, 가격이 얼마쯤 할 거 같나?"

"생각하기 싫습니다."

"생각하기 싫어? 왜?"

"술값을 생각하면 혀가 길어지니까요."

"하하하하, 그 표현 좋네. 맞아, 혀가 길어지지. 혀가 사기를 치지."

"이렇게 비싼 술을 저와 마시고 후회하지 않으시겠습니까?"

"평생 후회해본 적이 별로 없어. 지금 자네와 함께 이 위스키를 마시지 않으면 후회할 것 같네. 위스키가 다른 문으로 나가는 열쇠가 되어 줄 것 같아. 한잔 받게. 일단은 스트레이트로 마셔봐."

이리는 위스키 잔을 받아들고 조심스럽게 기울였다. 매캐한 향이 코끝과 목구멍을 간지럽히더니 묵직한 액체의 덩어리가 흘러왔다. 이내 향과 맛이 입안에 가득찼다. 이리는 위스키를 삼켰다. 위스키는 목을 넘어가 어디론가 사라졌지만 향과 맛은 입속에서 계속 움직이며 소용돌이를 치고 있었다. 이리는 자신도 모르게 눈을 감았다. 이리가 위스키 마시는 모습을 보고 있던 이구진도 잔을 기울여 위스키를 머금었다. 이구진 역시 눈을 감더니 한쪽 입꼬리를 올리며 웃음을 지었다.

이리는 전에 친구에게 들었던 말이 생각났다. 좋은 위스키는 물과 비슷하다고, 부드럽고 은은해서 물처럼 목을 넘어가지만 몸에 들어가면서 어느새 술이 되어 있다고, 좋은 위스키는 물도 아니고 술도 아니라고, 마시다 보면 누군가의 눈물 같다고, 시간이 뭉쳐놓은 눈물 같다고, 했던 친구가 생각났다. 이리는 눈을 뜨고 친구에게 들었던 말을 이구진에게 해주고 싶었다. 하지만 도무지 눈을 뜰 수가 없었다. 입에서 무언가 정체를 알 수 없는 것이 꿈틀거리고 있었다. 혀를 움직일 수가 없었다. 이리는 잔에 남아 있던 위스키를 입안으로 흘려 넣었다.

모스키토걸

모스키토걸(mosquito girl)이 말했다.

"선택을 할 수 있었다면, 적어도 모기는 아니었을 거야."

데이플라이보이(dayfly boy)가 대답했다.

"나 역시 그래. 누가 하루살이 따위를 고르겠어."

모스키토걸이 말했다.

"그래도 넌 매일 다른 삶을 살 수 있잖아."

데이플라이보이가 말했다.

"그렇긴 하지. 내가 그걸 다른 삶이라고 생각하지 못하는 게 문제지만 말야."

모스키토걸과 데이플라이보이는 슈퍼히어로 클럽의 구석 자리에 앉아 있었다. 클럽의 누구도 그들에게 관심을 갖지 않았다. 클럽의 다른 슈퍼히어로에 비해 두 사람은 체구가 작았고, 연약해 보였다. 한눈에 모든 사람의 이목을 끄는 슈퍼히어로 스타일은 아니었다. 그들 앞에는 칵테일이 놓여 있었다.

데이플라이보이가 물었다.

"모기는 언제 만난 거야?"

모스키토걸이 대답했다.

"1년 전. 편의점에서 아르바이트를 하고 있을 때였지."

모스키토걸은 어렸을 때부터 모기에 자주 물렸다. 스무 명의 사람이 모여 있는 방에서도 모기는 그녀만 물었다. 피가 달아서 그래, 라고 사람들이 말했다. 피가 달다는 게 어떤 뜻일까, 그녀는 궁금했다. 여름이 되면 그녀의 팔은 울긋불긋해졌다. 온통 모기가 문 자국이었다. 다리도 마찬가지였다. 엉덩이도 마찬가지였다. 목덜미도 그랬다. 온몸에다 모기약을 바르기도 했고, 모기장으로 방어벽을 구축해보기도 했지만 소용없었다. 모기들은 그녀의 피를 사랑했다. 어쩌면 모기들 사이에 그런 소문이 나돌고 있는지도 몰랐다. 그녀의 피를 맛보지 않고, 미식을 논하지 말라.

그녀는 어느 순간 모기에게 저항하는 걸 포기했다. 모기를 피하는 건 불가능했다. 더 많은 피를 만들기 위해 노력했다. 그녀는 매일 운동했고 음식을 가리지 않았다. 아르바이트를 시작한 것도 그 즈음이었다. 바쁘게 살면서 돈도 벌 수 있었다. 그녀가 가장 좋아한 건 편의점 야간 아르바이트였다. 모두가 싫어하는 일이었기 때문에 더 많은 돈을 벌 수 있었다.

"어느 날 밤, 편의점에 강도가 들었어."

"강도를 만나다니, 끔찍한 경험이었겠다."

"강도를 만난 건 끔찍하지 않았어. 오히려 창고에서 끔찍한 일을 당했지."

"창고?"

"강도 녀석이 날 창고에 가둬버렸거든. 편의점 창고에 가본 적 있어? 거긴 모기들의 천국이야."

모스키토걸이 편의점 창고에 갇힌 순간, 어둠 속에서 수많은 모기들의 눈이 번쩍였다. 그녀의 피 냄새를 맡은 수십만 마리의 모기들이 어둠 속에서 삐져나왔다. 그리고 그녀에게 달려들었다. 그녀는 저항하지 않았다. 눈을 감고, 입을 닫고, 두 손으로 콧구멍과 귓구멍을 막았다. 그녀의 온몸에 모기들이 달라붙었다. 머리끝부터 발가락과 발톱 사이의 틈에 이르기까지 빈 구석을 찾을 수 없었다. 모기들이 일제히 그녀의 피를 빨았고, 순간 그녀의 몸에는 한 방울의 피도 남아 있지 않게 됐다. 그녀의 몸은 완벽하게 비어 있었다.

"난 그 순간을 기억해."

"네 몸이 비어 있던 순간?"

"우리의 기억이란 건 핏속에 남아 있는 건지도 몰라. 모든 피가 사라졌던 그 순간, 내 몸은 잔상 같은 것이었어. 피의 냄새, 기억의 흔적, 소리의 메아리, 눈앞의 잔상 같은 것이었어. 내 몸이 내 몸 같지가 않고,

누군가의 기억 같은 거라는 느낌이 들더라."

"그럼 지금도 네 몸 속에는 피가 없어?"

"바보. 그러면 인간이 아니지."

"그러면 어떻게 살아난 거야?"

"모기들이 내 피를 되돌려주었어. 한꺼번에 내 몸에서 피가 빠져나
갔다는 사실을 모기들도 알아차린 거야. 나를 죽게 할 수는 없었지. 왜
냐면 나처럼 맛있는 식당을 찾기란 쉽지 않으니까 말야. 내 피는 모기
들의 몸을 한 번 통과한 후에 내게로 돌아왔어. 그러곤 정신을 잃었지."

모스키토걸은 남아 있던 칵테일을 입안으로 털어 넣었다. 클럽에는
사람이 몇 명 남아 있지 않았다. 열 명 안팎이었다.

"야, 데이플라이보이, 네 얘긴 언제 들려줄 거야?"

"내 얘긴 별로야. 이러나저러나 하루살이에 불과할 뿐이잖아. 그래
서 어떻게 됐어? 언제 정신을 차린 거야?"

"다음 날 아침에 깨어났지. 그 뒤로 죽 모스키토걸의 삶을 살고 있는
거야."

모스키토걸은 자리에서 일어났다. 여러 잔의 칵테일을 마셨기 때문
에 다리에 힘이 풀려 있었다. 조금 비틀거렸다.

데이플라이보이가 모스키토걸을 부축하려 했지만 그녀는 손을 저
었다. 그리고 문 쪽을 향해 천천히 걸어갔다. 데이플라이보이는 두 걸
음 뒤에서 그녀를 따라갔다. 넘어지면 언제라도 붙잡아줄 준비를 하고
있었다. 모스키토걸이 클럽의 문을 열자 거기에는 어둠뿐이었다. 데이

플라이보이는 처음엔 그것이 단순한 어둠인 줄 알았다. 밤이 깊었다고 생각했다. 하지만 그 어둠은 모기들의 그림자였다. 수천수만 수십만의 모기들이 허공에 떠 있었다. 그들은 문 밖에서 모스키토걸을 기다리고 있었던 것이다.

"칵테일을 좀 마셨더니 얘네들이 너무 좋아하네. 아주 달짝지근하겠지. 자, 자, 천천히 마음껏 먹어."

모스키토걸은 두 팔을 벌린 채 걸어갔다. 그녀의 몸에는 무수히 많은 모기들이 달라붙어 있었고, 자리를 차지하지 못한 모기들은 그녀의 머리 위 허공에서 맴을 돌고 있었다. 데이플라이보이는 넋이 빠진 채 그 광경을 바라보고 있었다. 모기들과 다정하게 놀고 있는 모스키토걸의 모습을 한참 바라보다 데이플라이보이가 소리를 질렀다.

"그러다가 또 네 몸이 비어버리는 거 아냐?"

"걱정하지 마. 내 몸이 텅 비지 않게 모기들이 피를 채워주니까. 모기들은 내 피의 외장 하드디스크야."

그날 밤 데이플라이보이는 사랑에 빠졌다. 까만 점 같은 모기들에 둘러싸인 모스키토걸의 모습에 반하고 말았다. 그녀의 쇄골에 앉아 있던 모기들, 미끄러운 어깨를 맴돌던 모기들, 눈을 감고 모기들의 소리를 음미하던 그녀의 표정, 그리고 작은 모기들을 어루만지던 그녀의 손길을 잊을 수 없었다. 데이플라이보이는 모스키토걸을 사랑하는 자신을 느꼈다. 하지만 그는 곧 죽을 운명이었다. 숨이 멎기 직전 데이플라이보이는 생각했다. 내일 다시 태어날 때 모스키토걸에 대한 사랑을 기억할 수 있으면 좋겠다고.

　다음 날 데이플라이보이는 새로운 사람으로 다시 태어났다. 그런데 이상한 일이 일어났다. 데이플라이보이는 어제의 일을 기억할 수 있었다. 모스키토걸에 대한 사랑을 느낄 수 있었다. 불가능한 일이었다. 옆에 있던 모스키토걸이 웃으며 말했다.

　"미안. 모기들을 시켜서 네 피를 조금 저장해뒀어. 네가 싫다면 오늘 밤엔 그러지 않을게."

　"아냐, 좋아. 기억할 수 있어서 좋아."

　매일 밤 모스키토걸은 데이플라이보이의 피를 저장했다. 데이플라이보이의 숨이 멎으면 피가 식기 전에 모기들을 보냈다. 모스키토걸은 모기들과 대화를 나눌 수 있었다. 모깃소리처럼 작은 소리였지만, 서로를 이해할 수 있었다. 대부분의 모기들은 데이플라이보이의 피를 좋아하지 않았다. 당연한 일이었다. 모스키토걸의 피가 만찬이라면, 데이플라이보이의 피는 인스턴트 음식이나 마찬가지였다.

　어느 날 모스키토걸이 물었다.

　"넌 매일 죽고, 매일 다시 태어나는 게 지루하지 않아?"

　"지루하다기보다 좀 귀찮지. 그래도 영원히 살 수 있잖아."

　"영원히 사는 게 좋아?"

　"죽는 걱정을 하지 않을 수 있으니까."

　"죽는 걸 걱정하는 사람도 있어?"

"많을 거야."

"난 내 몸이 비었던 순간, 이젠 죽는구나, 라고 생각했는데, 하나도 무섭지 않더라."

"네가 이상한 거야."

"맞아, 내가 이상한 걸 거야. 너도 죽는 걱정을 하게 해줄까?"

"어떻게?"

"내가 모기들을 시켜서 네 몸의 피를 다 빼버리면, 넌 다시 살아나지 못할걸. 아무리 데이플라이보이라고 해도 말이지."

"그렇겠다. 너한테 잘 보여야겠네."

둘은 웃었다. 그 능력이 얼마나 무시무시한 것인지 두 사람은 모르고 있었다. 모스키토걸은 세상의 모든 모기들을 통제할 수 있는 힘이 있고, 세상에는 셀 수 없을 만큼 많은 모기들이 살고 있다. 모스키토걸은 슈퍼히어로 클럽에서 칵테일을 마시다가 새로운 소식을 듣게 됐다. 모스키토걸이 데이플라이보이에게 말했다.

"블랙맨이 나타났대."

"블랙맨이 누구야?"

"아, 넌 기억을 못 하겠구나. 악당이야. 얼마 전에 로드캣우먼을 없애버렸잖아."

"이번엔 누굴 노리는 거지?"

"그건 모르겠고 산속에다 '데이타임 문'이라는 거대한 전등을 설치하고 있대. 무슨 꿍꿍이가 있는 게 분명해."

"전등이라면, 혹시 우리 하루살이류를 노리는 게 아닐까?"

"그럴지도 모르겠네. 너 오늘부터 조심해라, 하하."

"나야 상관없어. 전등에다 확 머리 박고 죽어버려야지. 어차피 내일 다시 태어날 거니까."

"잘 생각했다. 네 머리로 데이타임 문을 박살내버려. 뒷일은 내가 해결해줄 테니까."

"어떻게? 너, 내 피를 다 뽑아놓을 생각이지?"

"하하, 어떻게 알았지?"

모스키토걸과 데이플라이보이는 함께 웃었다. 그 시간 블랙맨은 슈퍼히어로 클럽에서 가까운 들판에다 데이타임 문을 설치하고 있었다. 데이타임 문은 달처럼 밝았다. 어둑어둑한 저녁 무렵이었지만 데이타임 문의 빛 때문에 주위의 모든 사물이 환하게 보였다. 낮처럼 환했다. 데이타임 문은 빛이 날 뿐 아니라 묘한 냄새도 풍겼다. 그 빛과 냄새는 데이플라이보이를 유혹하고 있었다. 블랙맨은 데이플라이보이를 미끼로 모스키토걸을 사로잡을 계획을 하고 있었다. 블랙맨에게는 모스키토걸의 능력이 필요했다. 데이타임 문은 점점 밝아지고 있었다. 냄새도 짙어지고 있었다.

"뭔가가 느껴져."

클럽에 있던 데이플라이보이가 말했다.

"어떤 게?"

모스키토걸이 물었다.

"모르겠어. 어쩌면 운명 같은 거."

　데이플라이보이는 마시던 칵테일을 비운 다음, 문을 열고 밖으로 나
갔다. 모스키토걸은 바에 앉아서 데이플라이보이의 뒷모습을 바라보
고 있었다.

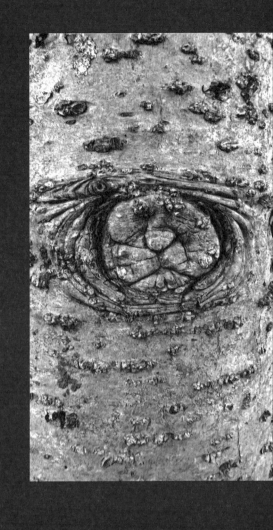

턱 밑 점

　3년 전, 도시 전체가 정전되는 대사건이 일어났을 때 나는 10층 규모의 작은 오피스텔에서 경비원으로 일하고 있었다. 정전이 일어난 것은 밤 10시였고, 그 시각 나는 지하 1층 주차장 구석에 있던 분리수거함 근처에서 입주자들이 아무렇게나 던져놓은 종이 박스와 빈 병들을 모으고 있었다. 팍, 이라는 소리가 났던 것 같다. 그 소리를 듣는 순간, 나는 도시 전체를 비춰주던 커다란 백열등의 필라멘트가 끊어지는 소리 같다고 생각했다. 사방이 어두워서 발을 뗄 수 없었다. 나는 주위의 어둠을 분간하기 위해 가만히 서서 움직이지 않았다. 어둠은 좀체 익숙해지지 않았다. 누군가 말을 걸어왔다. 여자 목소리였다.

　"거기 누구 있어요?"

　"저는 경비인데요?"

"아, 다행이네요. 전 분리수거하러 왔는데 하나도 안 보여서 움직일 수가 없어요. 좀 도와주세요."

"저도 움직일 수가 없어요. 안 보이긴 이쪽도 마찬가지예요."

"플래시나 뭐 그런 거 없어요?"

"없는데요."

목소리로 거리를 판단해보았다. 열 걸음도 안되는 거리였다. 그런데도 여자의 얼굴은커녕 몸의 윤곽도 보이지 않았다. 세상에, 그렇게 어두운 밤은 한 번도 겪어보지 못했다. 나는 여자의 목소리가 들리는 쪽으로 발을 옮겨보기로 했다. 움직이자마자 병이 발에 채였다. 불이 켜지길 기다리는 편이 나을 것 같았다.

"조금만 기다려보죠. 금방 복구될 거예요."

"일단 내려놓아야겠네요."

"뭘 들고 계신 거예요?"

"분리수거할 병이랑 우유팩들이요."

그녀가 들고 있던 종이 가방을 바닥에 내려놓자 우유팩들이 사각거리는 소리와 병들이 짤랑거리며 부딪치는 소리, 작은 플라스틱들이 달그락거리는 소리가 또렷하게 들렸다. 소리의 종류들이 분리수거되어 내 귀로 들려오는 듯한 기분이 들었다.

"맥주병이 네 개고 소주병이 하나군요. 야쿠르트 병도 있고요."

"어떻게 아세요?"

"눈에 보이는 것처럼 들리는데요. 그리고 소주는 아직 반 이상이 남아 있는데요. 찰랑거리는 소리가 들렸어요."

"아, 여기 나와서 버릴 생각이었어요."

"아뇨, 미리 버리지 않은 걸 갖고 뭐라고 하는 게 아니에요. 소리가 들려서 말씀드리는 것뿐이에요."

정전이 된 후 몇 분이 지난 걸까. 도무지 어둠에는 익숙해지지 않았다. 어떤 소리도 들리지 않았다. 정전이 되면 누군가 그걸 고치려 애쓰고 있을 텐데 사람들의 말소리도 들리지 않았다. 하늘에서부터 커다란 암막이 내려와 빌딩 전체를 폭 덮은 게 아닐까 싶었다. 빛과 소리가 이렇게 완벽하게 차단될 수도 있는 것일까.

"어제 친구들과 제 방에서 술을 마셨어요."

그녀가 입을 열었다, 라는 표현은 어울리지 않았다. 입은 보이지 않았다. 그런데도 말소리가 들리자마자 그녀의 입술을 본 것 같았다.

"셋이서 맥주 네 병 마신 거면 주량이 다들 별로죠? 그래도 취하니까 기분이 좋았어요. 마지막에는 소주를 맥주에 섞어 마셨는데 속이 좀 거북했어요. 모르겠어요. 기분 나쁜 일이 있어서 그랬는지도 모르죠. 어젠 하루 종일 기분이 좀 별로였거든요. 혹시 그런 거 아세요. 서른이 됐는데도 제자리가 어딘지 모르겠고, 직선을 따라 걸어가고 있는데도 자꾸만 옆으로 걸어가고 있는 느낌이요."

"코끼리코 같은 거 말씀인가요?"

"네?"

"코끼리코 하고 열 바퀴 돌고 나면 똑바로 걸어갈 수가 없잖아요. 그런 느낌 아니에요?"

"그런 거하고는 다른데……, 아니, 아니에요, 비슷하다고 할 수도 있겠네요."

나는 언제부턴가 눈을 감고 있었다. 눈을 뜨나 감으나 차이가 없었다. 눈을 떠보았지만 그녀의 얼굴이나 입술은 보이지 않았다.

"제자리에서 너무 많이 회전하면 앞으로 나갈 수가 없는 거네요, 그죠?"

그녀가 다시 입을 열었다. 이젠 그녀의 입술이 선명하게 보이는 듯했다. 그녀의 발음을 듣고 입술의 모양을 그려볼 수 있었다.

"그렇겠네요."

"턱 밑에 커다란 점이 있었어요. 어릴 땐 그게 꽤 큰 콤플렉스였어요. 평소에는 잘 보이지 않지만 고개를 조금만 뒤로 젖혀도 커다란 점이 보였어요. 애들이 얼마나 놀렸는지 몰라요. 목에 때가 끼었다고, 까만 침이 흘러내리는 거라고, 애들이 놀려댔어요. 빨리 커서 돈을 벌어야지, 돈을 벌면 빨리 점을 빼버려야지, 늘 그 생각을 했어요. 그래서 이런 지하실에 오면 마음이 편했어요. 아무도 점을 볼 수 없으니까요."

"지금도 있어요?"

"아뇨, 대학생이 되자마자 아르바이트해서 모은 돈으로 빼버렸죠."

"잘하셨네요."

"그런데 이상한 게 점을 없애자마자 이상한 일들이 마구 생기는 거예요."

"이상한 일이요?"

"점을 없애고 나서 한 달 후에 엄마가 죽었어요. 새끼발가락 발톱에 무좀이 생겼고, 귀에서 고름이 자꾸 나왔어요. 그때부터 먼지 알레르기와 비염도 생겼고요."

"병원엔 가봤어요? 단순한 우연이겠죠."

"병원에서는 원인을 알 수 없대요. 우연이라고 치기에는 모든 일이 한꺼번에 닥쳐왔어요. 그 일들이 차례차례 왔다면 별게 아니라고 생각했을 수도 있었을 거예요."

"오래된 일이에요?"

"벌써 5년도 지난 일이죠. 귀에서 고름이 나는 거랑 무좀은 고쳤지만 먼지 알레르기와 비염은 그대로예요."

"여기에도 먼지가 많을 텐데요."

나는 주위를 둘러보았지만 아무것도 보이지 않았다. 먼지들은 지하의 공간을 떠돌고 있을 것이다. 내 입과 코와 귀를 관통하면서 지하를 배회하고 있을 것이다.

"계속 서 있었더니 목이 좀 칼칼한 것 같기도 하네요."

그녀의 목소리에서 먼지가 배어 나오는 것 같았다. 나는 오른손을 들어 소주잔을 넘기는 제스처를 취했다. 그녀가 내 모습을 볼 수는 없겠지만 느낌은 전할 수 있을 것 같았다.

"우리 소주 한잔할까요?"

"네?"

"어차피 움직이기도 힘드니까, 종이 가방에 있는 소주나 한잔하면 어때요?"

"글쎄요, 별로 술 마시고 싶은 기분은 아닌데요."

"목이 칼칼할 때는 소주만한 게 없어요. 일단 한 모금 마셔봐요. 손으로 찾을 수 있죠?"

그녀는 손을 뻗어 종이 가방을 뒤졌다. 맥주병 사이의 소주병을 쉽게 찾아냈다.

"네, 찾았어요."

"일단 뚜껑을 열어보세요. 그리고 눈을 감고……, 아니, 눈을 감을 필요는 없겠네요, 어차피 아무것도 보이지 않으니까. 자, 천천히 한 모금을 마셔보세요."

소주가 그녀의 목구멍을 넘어가는 소리가 들렸다. 소주가 좁은 통로를 거쳐 그녀의 몸속으로 빨려 들어가는 소리가 들렸다.

"으, 너무 써요."

"아뇨, 다시 해보세요. 병 주둥이를 좀 더 밀어 넣은 다음에 목구멍으로 바로 털어 넣는 거예요. 혀 안쪽만 소주를 맛보는 거죠. 그리고 몸속으로 퍼져 들어가는 소주를 추적한다는 기분으로 몸의 반응을 느껴보세요."

다시 소리가 들렸다. 이번에는 좀 더 깔끔한 소리가 났다. 시원하게 통로를 지나간 듯했다. 그녀는 말이 없었다. 나는 그녀의 반응을 기다렸다.

"카."

"어때요?"

"소주가 이렇게 맛있는 술이었어요? 와, 정말 맛있어요. 혈관과 온몸의 먼지들을 청소하고 난 기분이에요."

"그렇다니까요."

"여태 왜 이런 맛을 몰랐던 걸까요?"

"모든 시간에는 그 시간에 어울리는 술이 있는 법이니까요."

"술박사님처럼 말씀하시네. 아저씨도 한잔하실래요?"

"아저씨 아니거든요."

"에이, 목소리는 딱 아저씬데요, 뭘."

"아니거든요. 이제 서른셋밖에 안됐거든요. 술 취했어요?"

"안 취했어요. 까칠하시긴. 드려요?"

"제가 그쪽으로 갈까요?"

"아뇨, 그냥 이렇게 있는 게 낫지 않아요?"

"저도 그렇긴 해요."

"굴려 드려볼게요."

그녀는 내가 서 있는 쪽으로 소주병을 굴렸다. 또로로록, 소주병이 시멘트 바닥을 구르는 소리가 들렸다. 중간에 방해물이 없을까 궁금했다. 소주병이 무사히 내 쪽으로 올 수 있을까 궁금했다. 나는 어둠 속에서 소주병이 나타나기를 기다렸다. 녹색의 소주병이 내게 무사히 굴러올 수 있기를 기도했다. 목이 칼칼했다.

경비원 일은 오래전에 그만두었지만 지하 주차장에 갈 때마다 그날 밤의 일이 떠오른다. 녹색 소주병이 내게 굴러오던 장면이 떠오른다. 그날 밤 정전이 됐던 시간은 정확히 20분이었다. 20분이 지나자 세상은 아무 일 없었다는 듯 원상태로 되돌아왔다. 나는 그녀의 얼굴은 보지 못했다. 아니, 보지 않았다고 하는 편이 맞을 것이다. 나는 눈을 감고 있었다. 그녀는 불이 켜지자 종이 가방을 그 자리에 남겨둔 채 어디론가 가버렸다. 서로의 얼굴을 보지 않는 편이 낫다고 생각했던 것이다. 내 생각도 그랬다. 소주를 마실 때마다 나는 이상하게 그녀의 턱 밑 점이 궁금했다. 이제는 사라져버린 그녀의 점이 어떻게 생겼을지 궁금했다. 소주를 마실 때마다 손으로 턱 밑을 만지는 것은, 그래서 생긴 버릇이다.

반복

그는 책장을 넘기다가 어떤 대목을 발견하고는 분명히 전에 본 적이 있는 내용이란 걸 알아챘다. 처음으로 산 책이었는데 말이다.

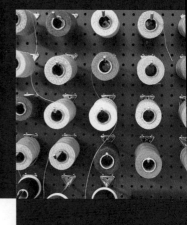

내용만 같은 게 아니라 페이지 구성과 문단의 위치도 똑같았다. '이건 데자뷔가 분명해.' 그는 속으로 중얼거렸다.

그렇다면, 이 순간을 전에
산 적이 있고, 다시 같은 순
간을 살아가는 중인 것이다.
몇 번이나 반복된 걸까? 얼
마나 긴 시간 동안 반복이
지속된 것일까?

그는

책장을 넘기면서

다시 한번 같은 순간을

알아차리게 된다면,

지금의 기억을

생생하게 기억해 두어야겠다고 생각했지만,

다시는 같은 책장을

넘기지 못하고

숨을 거두었다.

낮에 했던
말들이

밤에
찾아왔다

누군가 문을 두드리는 소리에 깜짝 놀랐다. 찾아올 사람이 없다. 이사온 지 5년이 지났지만 문 두드리는 소리를 들은 건 처음이다. 문을 열었더니 바닥에 문장들이 떨어져 있었다. 누군가 나를 협박하기 위해 잡지의 글자들을 오려 붙인 건가 싶었는데, 아니었다. 내가 낮에 했던 말들이 고스란히 문장으로 완성되어 나를 찾아온 것이다. 내가 한 말을 모두 아는 사람은 나밖에 없다.

바닥에 떨어져 있는 문장들을 집어서 집으로 들어왔다. 커다란 탁자 위에 문장들을 늘어놓았다. 내가 이런 말을 했던가, 싶은 문장들이 많았다. 생각해보니 전부 내가 한 말들이었다. 내용을 바꾸거나 표현을 고치고 싶은 문장들이 많았지만 수정은 불가능했다. 그저 보는 것으로 만족해야 했다.

다음 날에도 같은 시간에 누군가 문을 두드렸다. 문을 열어보니 내가 했던 말들이 다시 도착했다. 그런 날들이 계속되었다. 매일 밤, 낮에 했던 말을 보면서 잠이 들었다. 하루는 몰래 지켜보기로 했다. 배달하는 사람이 누군지 알고 싶었다. 잠깐 눈을 감고 떴더니 문장이 땅에 떨어져 있었다. 그날부터 말을 점점 줄였고, 하루에 한 마디도 하지 않는 날이 많아졌다. 이제는 아무도 내 문을 두드리지 않는다.

outro

나는 뉴욕에 가본 적이 없다. 싱가포르에도 가본 적이 없다. 럼주를 좋아하지 않는다. 럼주는 내게 종교 음악 같다. 2미터 길이의 책상에서 글을 쓴다. 2미터 길이의 책상은 정확히 네 개의 구역으로 나뉘어 있는데, 하나의 구역은 각각 50센티미터. 왼쪽에는 연필과 종이를 쌓아두고, 오른쪽에는 마실 것을 쌓아둔다. 가운데에는 노트북 컴퓨터가 있다. 낮에는 커피를 마시고 저녁에는 물을 마신다. 나는 런던에 가본 적이 있다. 가을이었고, 그즈음 런던의 날씨를 사랑한다. 파리에도 가본 적이 있지만, 런던의 날씨만큼 음습하지는 않았다. 뼛속 깊이 파고드는 습기와 함께 오후의 차를 마시고 나면 저녁이 찾아왔다.

책상의 맞은편에는 기타가 있다. 기타를 바라보면서 내가 연주하는 장면을 상상한다. 나는 기타를 칠 줄 알지만 상상 속의 장면만큼 잘 치지는 못한다. 그래서 늘 상상만 하고 실제로는 치지 않는다. 가끔 기타 소리가 들리는 것 같은 착각에 빠질 때도 있는데, 그게 실제 들리는 것인지 환청인지는 분간하지 못하겠다. 글이 잘 써지지 않을 때면 클래식 연주를 전문적으로 방송하는 케이블 텔레비전을 튼다. 소리는 나지 않게 한다. 오케스트라의 연주 소리는 텔레비전을 빠져나오려고 갖은 애를 쓴다. 오페라를 볼 때도 많다. 여전히 소리는 듣지 않는다. 도끼를 들고 남자가 여자를 내려친다. 벽에 비친 도끼의 그림자가 여자의 그림자와 맞닿은 순간이다. 베르디의 한 장면인 모양이다. 나는 뉴욕에 가본 적이 없다. 오클랜드에도 가본 적이 없다. 보스턴에는 가본 적이 있다. 뉴욕과 오클랜드와 보스턴과 달라스의 날씨를 생각하면서 먼 곳에서 벌어지는 농구 경기를 틀어놓는다. 농구 역시 소리를 듣지 않고 틀어두기만 한다. 농구공이 플로어에 닿는 소리를 좋아하지만 그 소리만 들으면 나는 어질어질해진다. 농구공이 플로어에 닿는 소리는 늘 상상했던 것보다 더 크게 들린다. 선수들의 운동화가 경기장 바닥에 끌리는 소리 사이에서 농구공의 메아리는 아름다울 것이다.

나는 러브스토리를 쓰는 중이다. 남자와 여자가 등장한다. 남자와 여자는 관계도 속에 적혀 있다. 그 안에는 다양한 인물이 살고 있다. 관계도 속에서 A는 B를 사랑하고, C도 B를 사랑한다. D는 A를 죽이고 싶어하지만 C를 싫어하기도 한다. 나는 이야기의 전체를 알고 싶지만 한참을 기다려야 한다. 러브스토리가 끝나려면 몇 달을 기다려야 한다. 소설을 읽으려면, 내가 소설을 끝낼 때까지 기다려야 한다. 커다란 세계를 묘사하고 싶지만 내가 알고 있는 보풀들의 세계다. 나는 보풀이 허공에서 춤을 추는 장면을 상상한다. 나는 동경에 가본 적이 있다. 나는 오사카에 가본 적이 있고, 삿포로에 가본 적이 있다. 나는 니이가타에도 가본 적이 있다. 니이가타로 가는 길에는 가와바타 야스나리의 《설국》을 떠올렸다. 가와바타 야스나리가 《설국》을 집필했던 료칸에는 에스컬레이터가 설치돼 있다. 나는 다시 러브스토리에 집중한다. 사람이 사람을 사랑하는 이야기다.

나는 다른 나라의 사람들을 상상한다. 다른 나라의 계절과 날씨를 상상한다. 각각 다른 언어로 같은 사랑을 한다는 것이 신기할 따름이다. 나는 러브스토리 사이에다 농담을 넣었다. 제법 웃긴 농담이다. 농담 때문에 러브스토리가 강렬해질지, 농담 때문에 러브스토리가 시시해질지, 아직은 모르겠다. 책상 주변의 모든 소리를 음소거해 놓으면 파이프를 타고 흐르는 물소리가 들린다. 어느 집에서 나는 소리인지는 알 수 없다. 이곳은 시끄러운 도시다. 밤이 되어도 불이 꺼지지 않고, 술집에는 술꾼들이 넘쳐난다. 사람들은 성격이 급하지만, 그만큼 열렬하게 사랑한다. 런던만큼 음습하지 않지만 이곳의 겨울은 적당히 쌀쌀

해서 오후의 차를 마실 만하다. 골목이 점점 사라지고 있어서 걱정스럽다. 아이패드프로에다 애플 펜슬로 그림을 그리고 있다. 소설 속의 장면과 소설 속의 배경을 그려보았다. 나는 소설을 쓸 때면 늘 먼 곳을 상상한다. 동경과 니이가타보다도 먼 곳, 뉴욕보다 먼 곳, 런던이나 파리보다 먼 곳, 스톡홀름보다도 먼 곳을 상상한다. 까마득하게 먼 곳으로 날아간다. 그곳은 어쩌면 은하계의 바깥보다 먼 곳이고, 우주를 벗어나는 곳이다. 나는 계속 멀리 날아가다가 문득 옷에 달린 보풀을 본다. 보풀을 잡아서 뜯는 순간,

나는 순식간에 돌아온다. 우주보다 먼 곳에서 갑자기 이곳으로 돌아온다. 이곳은 책상 앞이고, 내 앞에는 기타가 있고, 기타에서는 아무런 소리도 들리지 않는다. 기타 위쪽에는 러브스토리의 설계도가 커다랗게 붙어 있다.

outro

스페이스타임 머신 일러두기

1. 소설(fiction)은 까만 우주 배경 안 고딕체로, 에세이(essay)는 명조체로 구분하여 담았다.

2. '북 커버 러버' 에세이에 수록한 표지 이미지는 해당 출판사에서 제공받았다.

책은, 스페이스타임 머신

1판 1쇄 인쇄 2025년 2월 19일
1판 1쇄 발행 2025년 2월 28일

지은이 김중혁
디자인 [★]규
제 작 제이오

펴낸이 김진희
펴낸곳 진풍경
등 록 제2021-000202호
문 의 zeenscene@hanmail.net

ISBN 979-11-979152-3-9 03810